無名の人

中村文子

東京図書出版

まえがき

私がエッセイを書き始めたのは父が亡くなった六年前からである。父は一無名の人であったが、その人生はなかなかどうして、波乱に富んだおもしろきもので、父自身もその人生を精一杯生ききった生涯だったなと思い、そのことについて書いたエッセイを地元の新聞に投稿したところ、掲載されたというのがきっかけである。

私の生まれ育った場所は、国家プロジェクトの土地開発のために、なくなってしまったが、それまでは確かに貧しいけれども、のどかな田舎があり、人々が暮らしていたという事実をなんらかの形で残したいと思った。

その手段がエッセイで書き、描くということであった。幼い頃の私の見たふるさとの風景、暮らした時間、感じたものを文章で描く。あくまでも私、一個人の視点での村の記憶であり、村の暮らしの一部でしかないが、私にとってはかけがえのない思い出の一コマである。

また働くようになってからは八戸市に住み、趣味の旅をすることを通じて、自分が感じたことをエッセイに綴ってきた。したがってエッセイのなかで、「今」「～年前」などの表現はそのエッセイを書いていた時期を基準としているため、現在からすればずれるところもあるが、当時、流行っていたテレビ番組だったり、出来事だったりなのだと想像して頂きたい。エッセイの順番も時系列ではない。思いつくまま、思い出すまま、地元紙に投稿し、掲載された順番をもとにしている。

後半の修行の旅は、昨年（二〇一七）に思い切って世界一周旅行に出かけたときのエッセイである。無名の人代表の主婦でも自由に世界一周の旅に出かけられる時代に感謝して綴ったものである。

無名の人◇目次

修行の旅 …… 109

無名の人

あれから

今からおよそ五十年前、農家が繁忙期になると、季節保育所と称して、小学校に入る前の子どもたちをあずかる託児所が開かれた。隣接した集落にできたその施設には、子どもたちが集まり、近くには小学校もあったので、昼休みともなると、自然のあふれる緑の校庭では子どもたちが思い思いの遊びに興ずる。

初夏の田植えシーズンか、やわらかな、ぽかぽかとした陽の下で、当時女の子の間で流行っていたのはシロツメクサの花かんむり作り。校庭のフィールドの中には沢山のクローバーがあったのだ。当時五歳くらいのちびっ子だった私は友達と夢中になって、時を忘れて花かんむりを作っていた。やがて無情にも昼休みが終了するという鐘の音が聞こえ、私たちは、その宝物の花かんむりを秘密の場所に埋めて隠すことに決めた。二人だけの秘密である。草の生えていない土の軟らかな場所に十センチも掘っただろうか？　タイムカプセルを埋めるようにドキドキしながら、また二人で持つ秘め事に胸が高鳴った。その時の私たち二人を取り巻く風景、自然、人々、建物、時間、空気、色、温度、それらを今でも思い出すことができる。目を閉じるとあの秘密の花かんむりの在りかが思い浮かぶのである。それ程、幼い私には忘れられない、微笑ましい思い出である。

しかし今はもうその記憶の場所はないのである。おそらく今は石油備蓄のタンクの下にある。私の幼かった日々の記憶の場所はすべてなくなってしまった。

私は京都や奈良に憧れる。昔からのものをずっと守ってこられた土地に羨望の念を持つ。自分にはないものに人は憧れるものである。集落の開拓からたかだか二、三十年ですべて更地になり、新しい国家に重要な建物ばかりの情景になってしまったけれど、思いは人に残っている。そんな昔があったのだ。のどかな村の何気ない一日があったのだ。

無名の人

人は死んだ時、大きく二つのグループに分けることができる。一つは、今年話題の「坂本龍馬」のような有名人。そしてもう一つはその他大勢の無名の人々。

歴史はそうした大多数の無名の人生からも成り立っているのだ。我が父の人生もまた無名の人々の一つであるが、是非私は紹介しておきたいと思う。

今から約五十年前、我が故郷は国家プロジェクトである「巨大開発」という名のもとに一躍脚光を浴びた。それ以前は本当に貧しい暮らしの村だった。父のわずかな土地は開発のための土地買収に引っ掛かり、わずかなお金になった。父はそれを元手に小さな自動車修理工場を始めた。まさに一か八かの大博打だった。

建設ラッシュ（石油備蓄基地、核燃料サイクル基地など）に関わり、工事車両の需要があったため、父の事業も軌道に乗った。父は偶然訪れた転機をチャンスに変えて懸命に生きた。まさに彼は「巨大開発一世」。運は良かったが、その苦労ははかり知れない。

「開発」に巻き込まれた当事者たちの人生はさまざまであろう。ありがたいことに、「開発二世」とも言える私たちはその恩恵に与り、何の苦労も知らずに育てられ、十分な教育も受けて、今日生活ができている。さて、この国家プロジェクトはどのような方向に向かうのだろうか。先は見えないし、私たちには想像もできない。しかし確かにそれに翻弄されながら自分の人生を重ね、懸命に生きた人々がいたのだ。まさに波瀾万丈な面白き、生き甲斐のある生涯だったのだ。我が父は何も発信せずにその生涯を終えた。そしてその人生は歴史の一部になったのだ。

やがて私の中に湧きあがった衝動は、「失われた土地の確かにあった記憶を残したい」だった。

自分のやり方で頑張って

秋は体内時計のなせる業なのか、人生を終える人が多いような気がする。一昨年、自分の父が七十八歳で亡くなったが、その後を追うように父の友人たちも数人、人生を終えている。俗にいう世代交代なのかもしれない。

父の友人は「開発一世」とも言うべき人で土木建設事業で成功した人であった。当時の土木建設工業は仕事が多く、地元では起業し成功した人が何人もいた。それこそ、億単位の年収であったと聞いた。そうした一代目は、中央の資本会社と競争しながら苦労してその財を成し遂げたのである。それこそ並々ならぬ努力である。

しかしそれを継ぐ二代目は、親が苦労した時代はまだ子どもで、何の不自由もない裕福な暮らしをしていた。親の苦労を想像することはできるが、実際に体験はしていない。当然の流れで二代目の地位を得る。二代目も社会人としてそれなりの苦労はしていると思うが、一代目の比ではないだろう。

偉大な父の死によって、二代目は不安な気持ちになるかもしれない。しかしこう言っては不謹慎かもしれないが、死は次の生の始まりを意味するのではないだろうか。これから二代目の本当の才覚がものをいうのだ。かの歴史上有名な二代目、徳川秀忠のように、臆せずに自分のやり方で頑張ってほしい。次はあなたの番なのだから。

学校にあった共同浴場

私が物心ついた頃、故郷の村の南側にあった中学校はすでに廃校になっていた。しかし夏休みになると、小学生たちがそこのグラウンドにラジオ体操をするために集まったり、村の様々な行事に使われたりしていた。また村の自治会の事務所として使われていたので、住民は割と自由に出入りしていたように思う。廃校なので、中に入るとチョークや黒板、机、椅子などがあり、子どもたちにとっては格好の遊び場だったのかもしれない。

他の中学校と違うところは大きな浴室があったことだ。十人くらいは一度に入ることができたのではないかと思う。村では時々そこでお湯を沸かし、住民にお風呂として提供していた。私も母に連れられて、その大きな共同風呂に入った記憶がある。近所のお母さんたちの和気あいあいとした様子は、忘れられない思い出である。

昭和四十年代後半、私の通った小学校は新築の鉄筋コンクリートの校舎であったが、やはり十人くらいの児童がゆったり入れるくらいの浴室があった。何度か級友たちと入浴したことがある。おそらく授業中に。まあなんとのどかな時代であろう。田舎の村ならではの光景である。当時、小学二年生だった私たちは男女に関係なく、一緒に和気あいあいと入浴した。そしてまだ子どもだった私たちは、その新しい学校も廃校になるなんてことは考えもしなかった。

その三年後、国家プロジェクト（開発）によって私たちは十数キロ離れた別の小学校への転校を余儀なくされた。それに伴って、新築の小学校は廃校となった。はかないものである。それからその廃校になった築三年の小学校は開発のための事務所として使われ、数年後使用済みとして解体された。

思い出にだけ残るその浴室は児童の命名により「くさなぎ」と名付けられていた。

水田開発に取り組んだ父

今ではもう昔の話といえば、まるで古典の物語の書き出しのようだが、自分には書き残しておかなければならない義務のような意識があり、こうしてパソコンのキーを打っている。

五月といえば、農家は田植えの支度で忙しい季節。代かきを終えた田んぼは、爽やかな初夏の日差しを浴びてきらきらと輝く。

私が住んでいた開発前の小さな村は、とても貧しい地域であった。亡くなった父は若い頃村の世話役の一人として働いていた。当時、村の暮らしを少しでも豊かにするために新しい田んぼを作ることが急がれていた。

しかし、遠く離れた水源から水をくみ上げるにはそれなりの土木工事が必要であった。業者を頼めば話は早いが、そうするための財源がない。そのため、我が父は急きょ、水田開発の技術を勉強することになったのである。まったくの素人である父は、村のために役立てばと必死だったそうだ。

水田に水を引くためには、測量や様々な計算が必要で、慣れない父にとっては大変なことであり、眠れない夜が何日も続いたそうである。そしてついに努力の甲斐あって、水は配水管を勢いよく流れ、新田までとどいたのである。貧しかった村には少しだけゆとりができただろう。父の苦悩の顔にも、安堵の笑みが戻ったであろう。

その頃小学生だった私は学校帰り、父の苦労などつゆ知らず、豊かな水をたたえた用水路に素足を浸して、その水の勢いの強さと、冷たさ、気持ち良さを体感していた。五月の爽やかな日差しとともに、幼い頃の記憶を思い出す。それは確かに存在した光景なのだから。

ふるさとにあった音の風景

七月一日。夕方六時きっかりに、近くの公園から三社大祭の練習で、お囃子の音が聞こえてくる。毎年、お祭り本番の一カ月前に練習は始まるのだ。八戸の夏を思い出させる「音の風景」である。この音は約一カ月間毎夕二時間続くが、祭りが終わるとぴたりとやみ、静かな夕方になるので、いつのまにか時が過ぎて、なんとなく物寂しい秋の訪れを感じさせるのである。

私の生まれ育った古里は、国家プロジェクトのためにもう消滅してしまったので、私はその記憶を思い出し、文章に残しておきたいと考えている。その一つに音の風景がある。

かつてあった私の村では、朝の六時になるとオルゴールのような音で『エリーゼのために』が聞こえてきた。たぶんそれは村の放送スピーカーからではない。おそらくそれは隣の集落の村内放送の音だったと思われる。だからかすかな音の記憶だったのだ。隣の集落は、国家の研究施設、「原々種農場」である。

当時の「原々種農場」とは、その名が示すように、ジャガイモの作付けに関する開発や研究、農業指導をしていた公務員の方々とその家族の住む集落で、とても充実した、余裕

無名の人

のある暮らしをしていた人たちで形成されていた集落であったそうだ。

通称「農場」に続くやや大きな道沿いには洋風の建物があり、その前には庭園と、しゃれた金属製の門扉があった。そこは「農場」の中心の建物だったのかと思い出している。子どもの頃、仕事に向かう父の車の後を自転車で追いかけ、その「農場」にたどり着き、こっそりと父の姿を捜した。初めて建物の中を覗いてみると室内にも、洋風のカーテンやテーブルなどが置かれており、その雰囲気に少し驚いて、父に叱られないようにこっそりと戻った思い出がある。

今ではもう二度とその音を聞くことはないし、その建物は跡形もなくなった。最愛の父も、一昨年前に亡くなった。

八戸の短い夏を象徴する祭りのお囃子の音。いつまでも続いてほしい。

思い出のクリスマス

私が幼い頃、昭和三十〜四十年頃は、青森県に、さらに上北郡には冬ともなれば本当に大雪が降っていたという印象が強い。それは自分が子どもで身長が低かったからの記憶ではない。積雪が多すぎて、平屋の家なら、屋根までうずもれてしまうほど降り積もっていたと言っても大げさではない。

いつの時代でも、子どもは風の子で、外は寒くても、スキーや雪遊びを夕方近くまでやり、わが田舎の村の、何にもない大平原の雪景色を、夕焼けが赤く染めて沈んでいく光景を心から美しいと思っていた。実に素朴な子ども時代であった。

除雪や交通網も、また商業圏もあまり発達していなかったふるさとでは、すべての活動が停滞し、冬ごもりという感じがした。まさに「じっと我慢の冬」である。

そんな冬の季節に思い出すのは、真っ白な雪と、あたたかな室内の黄色い明かり、赤や緑のクリスマスツリーの電飾である。田舎暮らしの決して豊かではない生活ではあったが、我が父はそのような年中行事を大事にする人であった。父は当時田舎の人には珍しく、クリスマスツリーのデコレーションを買い与えてくれた。

クリスマスの意味など幼い私は理解していなかったと思うが、そのデコレーションやライトのぬくもりを忘れることができない。飽きずに眺めていたものであった。冬の訪れとともに思い出す遠い昔の記憶である。

父の口癖の意味

一日の仕事が終わって夕食も終え、ソファに腰を落ち着かせると決まって、「今日も一日無事に終わったかあ」と、しみじみ言う。それが父の口癖だった。隣に座っていた私は子どもの頃、なぜそんな当たり前のことを言うのか不思議に思っていたが、理由を聞いたことはなかった。

しかし二年前に父が亡くなってから、父の行動や言葉を思い出すことが多くなり、この口癖の本当の意味を自分なりに理解できるようになった。

子どもは大人たちによって守られている。だから一日が普通に始まり、終えられるのは当たり前なのだ。しかし大人は違う。日々の生活を支えるために毎日が真剣勝負だ。

私の父自身は中学生くらいの時に自分の父を亡くし、自らが若くして一家の大黒柱にならねばならなかった。そんな人にとって、一日を無事に過ごすことがどれだけ大変だったことか。その苦労がしのばれる。

東日本大震災を経験した私たちは、今この時に命があって、一日を無事に過ごせたことに安堵と感謝をせずにはいられない。

震災から二年。子どもたちは自分の命を大切に考えているだろうか。大人は他人の命を大切に考えているだろうか。世の中の人々は、震災によって数多くの尊い命が失われたことをもう忘れたのだろうか。普通の生活の大切さ、命の大切さを思い、感謝して暮らしたい。

記憶の中で咲く八重桜

無名の人

今年の桜前線は例年よりも早く、もうみちのくまで到来している。古くから日本人のDNAには春を待ち焦がれる遺伝子が含まれているのか、桜の花を愛でることを、誰もが楽しみにする。

私にとっての桜の花は、失われた故郷に咲いていた一本の八重桜である。幼い頃、庭先に植えられていた。私が幼い頃にいた場所は開拓の村だったので、恐らく父が植樹したのであろう。

東北の春の訪れは遅く、厳しく長い冬にじっと耐える。そうしてやっと訪れた春に、喜びは満ちる。

我が家の桜は八重桜だったので、花が咲くのはさらに遅く五月の中頃だったと思う。ソメイヨシノよりも赤みが濃いピンク色だった。そして何よりも優しく、甘い香りがした。暖かな日光の下で、桜の花が咲き誇る。春が来たよと教えてくれる。私にとっては一番の桜で今でも忘れることができない。

しかし、その桜の木も今は昔である。記憶の中にしか存在しない。

青森県内でも桜の名所はたくさんある。例えば弘前城の桜は全国的にも有名である。何百年も守られてきた素晴らしい桜を、時に羨ましく思う。

私にも思い出の桜がある。記憶の中の一本八重桜だが、毎年鮮やかに脳裏によみがえる。そして、今年も無事に春を迎えられたことに感謝している。

うつぎの花の思い出

無名の人

梅雨の季節になったが、どんよりとした曇りの日ばかり続いて、なかなかまとまった雨が降らない。

雨といえばなんとなく憂鬱な気分になるが、雨音は人の心を落ち着かせる癒やしの効果もあると思う。今年の五月は予想外に暑い日が続いたので、優しい雨音が待ち遠しい。

さて雨の日の思い出といえば、幼い頃、小学校への通学路に可憐に咲いていた「うつぎ」の花を思い出す。当時、通学路は「うつぎ」の木の並木道だった。そして、当時、小学二、三年生の私にとっては雨の日にも楽しみがあり、様々な発見があった。

雨に煙った景色の中で、うつぎの木の葉がみずみずしく茂り、可憐な白い花とピンクの花が咲いていた。うつぎはアジサイ科の樹木なので、まさに雨の季節に花が咲く。そして、よく見ると、アジサイの葉によく似たその葉の上に、カタツムリや小さなカエルを見つけては、立ち止まって飽かずしばし眺めたものである。

大人になった今ではそのような発見はしないが、うつぎの木と花を見かける。車社会になっているので、雨の中をゆっくりと自然を眺めながら歩くという状況も、ましてや時間も心の余裕もない。少し寂しいことである。

私の通った小学校も、うつぎの木の並木道も今はすべてなくなっているが、うつぎの花の可憐さは今も変わらない。雨の日にとても似合っている。

人を育てるハングリー精神

三年前に亡くなった父は旅好きで、海外旅行にもよく出かけていたが、日本国内では唯一山口県を訪れたことがなく、病床でそのことを悔やんでいた。

その心残りを叶えるために、娘である私が山口県を訪れた。実は私も山口県に訪れたいと思っている場所があった。それは「吉田松陰」ゆかりの地、萩市である。

安政の大獄で処刑された松陰先生は、明治時代に活躍する人々に多大な影響を与えた教育者である。故に萩市では、あくまで「松陰先生」であり、決して呼び捨てにはしないそうだ。

亡くなった私の父も生前、教育に携わる仕事をしていたことがあったので、恐らく父の訪れたかった所も私と同じ萩市ではなかったかと、勝手に憶測している。

松陰先生は、現代の私たちから考えても、とても行動力のある魅力あふれる人物である。まさしく率先垂範で、好奇心旺盛で、何事も自ら体験しなければ納得しない人。幕末の日本と世界との関係を自らの目で確かめてみるために、当時ロシアの脅威にあった青森県の竜飛崎をはじめ、日本国内を旅している。

そうした自分の確固たる経験に基づいた講義は、当時の幕末の志士たちの心に、どれだけ響いたことだろう。まさしく教育の神髄である。それが後世の人々にも「先生」と慕われる由縁であろう。現代の本当に忙しい現場の先生方がどれだけ率先垂範できるのか？厳しい情勢である。

萩市は、山陰の静かな小京都である。あの関ヶ原の戦いで、敗戦の将であった毛利氏の築いた街でもあり、今でも反骨精神が息づいている。

ハングリー精神は、いい意味で人を育てる原動力になると痛感した。そういうところでしたよ。父も同じ気持ちになったのであろうか。

夏の庭

無名の人

私が幼い頃、我が家の夏の庭には、赤やピンク、オレンジなどの色とりどりの花が咲き乱れていた。

中でも一番気に入っていたのは「タチアオイ」の花。夏のまぶしい太陽の光に向かい、すっくと伸びた枝に次々と咲くピンク色の花を見ると、なぜか元気な気持ちになった。暑さを忘れて、遊びに夢中になった。

子ども時代の遊びは、その花を摘んでままごとをしたり、花弁を開いて、鼻やおでこにくっつけて鳥のとさかのようにしたり。

それから母はよく、軒先と庭にあった八重桜の木にロープをかけ、洗濯物を干していた。もう四十五年以上も前のこと。白い大きなシーツをかけた時は、それが太陽に反射して、まぶしく、まるで古代の和歌よろしく、「ころもほすてふあまのかぐやま」のよう。大げさだが美しい夏の光景であった。

裏庭には畑があり、キュウリやトマト、ナスなどの夏野菜がみずみずしく実っていた。その他にも、スイカやマクワウリが実っていた。井戸もあったので、それらの果物をそこで冷やしていた。よく冷えた自家製の作物は、格別においしかったと記憶している。

私が子どもだった頃、夏はもっと夏らしく、とても暑かった気がする。近頃の不安定な夏の気候とは違ったように思う。そして、子どもは元気に戸外を走り回っていた。その視線の先には自然や、友の顔が常にあった。機械の画面ではない。その風景も今ではもう存在しない。思い出の夏である。

父の笑顔が浮かぶひな人形

ひな祭りはとうに過ぎたが、ひな祭りが近づく頃になると胸の痛むことがある。それは、ここ数年ひな人形を飾れていないということである。

我が家のひな人形は、亡き父の形見である。あまり生活に余裕がなかったはずの家計の中で、三人の娘たちのために思い切って購入してくれた。

父は自分の父親を早くに亡くし、十代から家計を支える大黒柱として働き、苦労を重ねてきた。豊かとは程遠い生活の中で、ひな祭りやひな人形といった贅沢品などを考える余地はなかったはずである。

しかしある日、父は、「思い切ってひな人形を買ってきた」と話し、私たち家族を驚かせた。父にとっても一大決心の買い物だったのであろう。それよりも私たち家族の喜ぶ顔が見たかったのである。後に届いたひな人形は八段飾りの大きなものであった。段ボール箱が三つ宅配された。その時の嬉しさは忘れられない。母と娘たち、女性たちはみな顔をほころばせながら飾りつけ、そこには平安時代の雅な世界が広がった。当時住んでいたあばら家には全く似つかわしくないが、父の満足げな優しい笑顔が思い出される。

無名の人

やがてそのひな人形は、末娘の私と共に嫁ぎ先へと移動した。転居を繰り返しているうちにスペースの問題でここ数年飾れず、申し訳のない気持ちが募っている。

八戸市内では今、あちらこちらの会場で、由緒あるひな人形が飾られている。そうしたひな人形は時を超えて伝承される。我が家のひな人形も大切に継承していかなければならない。

大雪原に沈む夕日

無名の人

四十五年ほど前、青森県には今よりもはるかにたくさんの雪が降っていた。当時小学校の低学年だった私はおよそ二キロ離れた小学校に通っていた。寒さの厳しい季節の冬の朝はいくつかの班を作って集団で登校していた。大人にとっては本当に厳しくつらい冬でも、子どもにとっては楽しい生活だったと思う。

私は青森県内でも上北郡の集落で育った。降り積もる雪の量はすさまじく、地吹雪もしばしばあった。

朝早く除雪車が雪を片付けてくれた後を、上級生を先頭にして隊列を組んで歩いて行く。近所のお姉さんとテレビやアニメの話をしながら歩く。楽しい道中に決まっている。時々起こるブリザードだって面白くて仕方がなかった。

除雪車が通ったあとは、雪が固く踏み固められててかてかと光り、注意して歩かないとつるんと滑って転んでしまう。誰かが滑って転ぶと笑いが起こった。昭和四十年代、車の交通量も少ない時代で、のどかな光景だ。

自宅の裏山にも雪がたっぷりと降り積もり、天然のスキー場になった。学校から帰ると、裏山にスキーに出かけた。どこまでもどこまでも雪原が続き、見えるのは防雪林の林くらい。まるで墨絵のようだった。時間のたつのも忘れて遊んだ。

一月の半ばになると、やや日が長くなる。大雪原に沈む夕日は美しく、辺りをあかね色に染める。澄んだ空気の中で、雪はキラキラと輝いた。今でも忘れられない冬の光景だ。

冬の楽しみ

冬になると、我が家にはしばれる（厳しく冷えこむ）季節ならではの食の楽しみがあった。四十年以上前、二月の極寒の中で、祖母や母は「干し餅」を作っていた。「干し餅」は、寒くて乾燥した気候でないと品質の良いものができない。餅の中に含まれる水分がよく冷えて乾燥しないと、あのシャリシャリとした層を成す食感が生まれないからである。

現在のように、近くにコンビニエンスストアもなく、気軽な宅配業も発達していなかった時代、「干し餅」は冬場の自家製スイーツとして欠かせないものだった。自宅の軒下には大量の「干し餅」がぶら下げてあったのを懐かしい思い出として記憶している。「干し餅」作りにはいくつかの作業工程があり、子どもだった私は、その作業工程を興味深く観察するのが楽しみだった。

我が家の「干し餅」は、食紅を使って、ピンクやクリームのパステルカラーに着色され、黒ゴマも混ぜてあった。素朴でかわいらしいものであった。祖母や母のてきぱきとしてリズミカルな手仕事を見ていてとても楽しかった。

無名の人

ところが、いつの頃からか「干し餅」作りをしなくなった。それは冬にあまり雪が降らなくなり、凍てつくような寒さにならず、なかなか思うような「干し餅」を作ることができなくなったからだ。

伝統的な手仕事の継承も、作ってみたいという意欲の継承も大変であるが、なんとか継承していけたらと思う。

苺の畑と山桜の実

今から約四十五年前、当時小学生低学年だった私たちにとって、学校へ行くまでの道は、一種のテーマパークのようで、毎日いろんな発見があった。

春遅く、通学路のほぼ中間点にある家では、露地栽培で苺を作っていた。生け垣で囲われていて、道からは見えないように栽培していても、甘い匂いが、プウーンとしてくる。寄り道するなと言われても、無理なことである。さまざまなことに興味津々な私たちは、こっそりとその畑に侵入して苺の様子を見た。そこには苺の苗の畝が数十本整然と並んでいた。そして真っ赤に熟した苺がたわわについていた。とても丁寧に栽培されているようで、粒も大きく、みずみずしく太陽の光に輝いていた。自宅で片手間に育てられている苺とは比べものにならないくらいに形のいい苺だった。

「こんにちは～」声を掛けたが残念ながらその家の人は不在であり、私たちはあわよくばの気持ちを封印して、またこっそりと畑から抜け出した。大人になった今でも苺を見ると、あの苺畑を思い出し、苦笑いをする。

またその苺畑農家の向かいには背の高い山桜の樹が庭にある家があった。そこも私たちの立ち寄りスポットであった。山桜が咲く頃は美しい桜を見るために寄り道をして、また桜が散った後もその樹はサクランボに似た実をつけるので、いつかその実をとって食べてみたいと思っていたのである。そこのお宅は村の地区の集会所も兼ねており、家の中を覗いてみると、神棚、太鼓や琴などの珍しいものがおいてあり、そこにいるおばさんは、いつもにこにこと優しく、私たちの他愛無い会話にも対応してくれた。

ある日の帰り道、そのサクランボに似た実をついにとってみたくなり、おばさんに頼んでみた。おばさんはにこにことして快諾してくれた。但し、自分たちでとることという条件付きで。最初は下の方の自分たちの伸ばした手が届く範囲の実をとっていたが、次第に上の方の実がとりたくなって、小学二年生、生まれて初めての木登りである。ドキドキワクワクしながらの木登り、高いところからの景色は格別で気持ちいいものだと感じた。下で待っている友だちの分も夢中になってとった。

食べてみるとサクランボとは違い、甘みも少ないものだった。けっしておいしいとは言えないものだが、はじめての木登り体験と、下で見守ってくれていたおばさんの笑顔が忘れられない。のどかな時代の思い出である。

すすきの原

私には三十年来、文通をきっかけに交流を続けている京都人の友人がいるが、その友人が青森県を観光に訪れた時の印象を紹介したい。そもそも私がその友人に興味をもったのは彼女が、何千年も続く歴史や伝統の中で育ち、多くの人々により、また国家によって守られてきた土地、京都の出身だからであった。自分の生まれた土地とは真逆の環境で生まれ育った友人に強いあこがれの気持ちもあった。当然、京都人ならではの発想をする。

彼女は、弘前市、青森市、八戸市と三市を訪れて、みちのくに共通する素朴な土地柄や、素材を活かした食べ物にとても満足していた。それから私は、今は何もなくなってしまった私の生まれた場所へも案内した。そこには昔のおもかげももう何も残っていない。家も学校も何もない。ただ石油備蓄基地と核燃料サイクル基地に向かう整備された道が交差するだけのところになっている。昔、中学校だった場所にはただ一面に荒涼としたすすきの原が続くだけであった。秋の夕日に照らされてすすきが銀色に輝きながら風に揺れているだけ。

私にとってはただただ寂しく、悲しいだけの風景だが、その友人は目を輝かせて、「こんな素晴らしい自然の光景は見たことがない」としきりにカメラのシャッターを切るのである。見る人の立場が違えば、感じ方も違うのかと驚いた。

私たちは、美しい自然の光景も手放してしまったのかとやはり寂しい思いがした。

なんでも売っているお店

小学校からの帰り道に立ち寄るスポットになんでも売っている、いわゆるよろず屋の小売店があった。今でいうコンビニエンスストア。当時小学生の私たちの大好きなアイスクリームから、駄菓子、ノート、消しゴムなど文房具、ズック、長靴、生活雑貨、まさしくなんでも売っていた。小学生は買い食いはあまりできないので、その店のおばさんに会いに行っていた。

買う予定もないが、店で仕入れた新しい商品を見に行く。そしておばさんとお話をしに行くのである。おばさんはいつもにこにこと私たちに対応してくれた。店はそんなに広くないので、店の番台の周りにいろいろな商品が吊ってあったように記憶している。例えば、昆虫採集の網や、虫かご、さまざまなクジや景品など、そうした小学生が興味をもつものの間からひょっこりと顔をだしてにこにこと笑うおばさんの福顔を見上げるように見ていた記憶がある。ただ立ち寄っただけで何も買わなくても、時々くれるおまけがまた嬉しいのである。

その店は、巨大開発の話が聞こえてきた頃、割と早く店を閉めて移転した。学校の帰り道に立ち寄る場所がなくなって、とても寂しい思いをした。それから、通学路にあった家の人々は、ぽつぽつと他の場所に引っ越していった。通学路はそれこそ、一、二年の間にうちにほとんどの家が立ち退き、うら寂しい道にかわったのである。

私自身も中学二年生の時に新しく造成された居住区に引っ越した。

後にあのお店のおばさんが亡くなったことを噂で耳にして、大きなショックを受けた。寂しかった。おばさんの笑顔と優しさは忘れられない。

理科の時間

　私が小学校に入学して間もない頃、昭和四十五年頃のことである。小学校は木造で、学校の玄関ロータリーには二宮金次郎の銅像があり、それこそ典型的な田舎の小学校だった。入学式には、母たちはみな、着物に、黒い絵羽織を着ていた。そしてその金次郎さんの銅像の前で十人の小学生と保護者たちは一緒に記念写真を撮った。

　唯一変わっていたのは、校長宅がその小学校の木造校舎と廊下で繋がっていたという事実である。

　ある日、理科の時間に私たち一年生は突然担任の先生に連れられて、いわゆる移動教室。長い廊下を通り、階段を五、六段上り、扉を開けると、なんとそこは校長先生のお宅の居間だった。理科の教育番組を見るために、校長住宅の居間に連れてこられたのだった。当時小学校には、まだテレビがなかったのであろう。何にでも興味津々の私は、理科のテレビどころではなかった。よそのお宅の居間にいるという衝撃と、室内には沢山の本が並んだ本棚、フランス人形、こたつ、こたつの上のコーヒーカップなど、珍しいものが気になって仕方がなかった。理科のテレビの内容などまったく覚えていない。私たち小学生十名は八畳ほどの部屋にぎゅうぎゅうに入っているので、声も出せない。おしだまったまま、ただ目がまん丸になって、息を殺してその場にいたことを覚えている。小学生には結構衝撃的な出来事だった。

生活の時間

春になり、山菜のとれる季節になると、よく近くの森にでかけた。小学校の周りはほぼ大自然だったからである。時には全校生徒一緒だったり、時にはクラスごとだったりでよく晴れた日には決まって、近くの野原に山菜とりに出かけたものだった（秋になると、冬場の燃料になる松ぼっくり、松かさを集めに行ったのだが）。

山菜のとれるシーズンには、座学そっちのけでいつでも自然に触れる学習よろしく生活の時間、必要に応じて何度も山菜とりに出かけていたのだが、ある日のこと、全校生徒で出かけた山菜とりで事件は起こった。

何でも興味のある、小学校低学年の私は、野原のいろいろなものに興味を持ち、例えば「かまきりのたまご」や「すいせんの花」、「かえる」などが珍しくてたまらず、ついつい立ち止まりしばし眺めて観察してしまった。文字通りの自然に触れる自主学習。「山菜」はなかなか見つけられなかった。そうこうしているうちに、自分のクラスのみんなとははぐれてしまった。ちょっと心配になっていると、ラッキーなことにおなじくはぐれたらしいいとこに偶然出会った。いとこは帰る道を知っているらしく、無事に学校へ戻ることができた。朝に学校をクラスの皆で出発して、一人はぐれて、昼前にはいとこと学校に戻ったけれど、いとことほとんど、あちこちの草や、虫や、花を観察して、山菜はとらなかった。けれど、楽しいひと時だったのである。

学校に戻って、担任の先生に叱られるかと覚悟をしたのだが、「あら戻っていたのね」とそれだけのコメント。のどかな時代だったのである。今から考えるとぞっとするが、子どもが考えるほど広い場所に出かけていなかったかも。いい具合に放任されていたのかもしれない。

石炭当番

古い木造の小学校時代では冬場になると、各教室で石炭ストーブを焚いていた。それで備え付けのバケツに石炭がなくなると、「石炭当番」が石炭小屋に石炭を取りに行かなければならなかった。石炭小屋は、木造校舎のはずれの方、一番奥の外にあった。どうも特別活動の教室ははなれの方に長い渡り廊下でつなげてあったようだ。石炭小屋のすぐ近くには音楽室があった。石炭小屋に行くには廊下から、いったん外に出ていかなければならず、雪が吹きこむと長い渡り廊下はとても寒いのだが、楽しいこともあった。石炭当番になると私は必ず近くの音楽室の壁を見に行くという道草をした。音楽室の壁にはまさに偉大な音楽家のポスターがたくさん貼ってあった。高いところに貼ってあるので、説明の文字は読めなかったのだが、外国の偉い人を眺めるのが好きだった。寄り道なので、結構長い時間過ごしていたと思うのだが、教室に戻っても、なんにも担任に咎められない、理由も聞かれない、叱られない。そういうのどかな時代だった。

給食の時間

小学校の給食は、保護者が交替で作ってくれていた。そのためメニューはトン汁やカレーなど、デザートは缶詰みかんなど、決まった献立がローテーションで出ていたようだった。木造校舎時代の私が二年生までは、脱脂粉乳も飲んでいた。アルマイトの食器に、熱々のミルク、飲みにくかった思い出がある。新校舎に変わった三年生の頃から、瓶入りの牛乳に変わり、毎日冷えた牛乳で飲みやすくほっとした。

給食は変わらず、保護者の手作りで、自分の母親が給食作りの当番で来たときは、嬉しくて、授業の合間の休み時間には気になって何度も母の様子を覗きに行った。

鉄筋コンクリートの新校舎になってからは、立派な給食調理室も作られていて快適なスペースで給食作りがされていた。大きな釜が二つも設置されていて、そこで、カレーをかき混ぜている母の姿を思い出す。そんなふうに、わりと自由に子どもたちが動き回っても、まったく担任の先生に叱られることもなく自由な雰囲気もあった。のどかな田舎の学校ならではだったのだろう。まあ本当にどこにいても学校や地域から離れることはないと信じられていたのだろうか？　まったくもってのどかな時代であった。

給食後片付けも終わり、ひと段落した調理室を覗くと、母は、ちょこちょこと授業の合間に覗きに来る娘に気づいていたようで、「一緒に帰るか」と微笑んだ。母は授業が終わるまで待ち、二人で一緒に話をしながら家路についた。嬉しかった。夕焼けがすすきを染めていた秋の日の帰り道だった。

学芸会シーズン

九月頃になり、学芸会のシーズンになると、カリキュラムはそっちのけで一日中学芸会の練習だった。もう何週間もそうだったように思う。小学校の行事はまた地域の人々の娯楽でもあったのだ。劇や、歌、踊り、器楽合奏。もう全校生徒四十人くらい学校で小学生は、一人何役もの働きをしなくてはならない。それぞれの演目で、動きも違い、衣装も違うので、着替えもしなければならない。特に踊りはまるで大衆演劇よろしく、着物にかぶり物、フジの花房の小道具まで持たなければならない。だから保護者たちも衣装や小道具の製作にかかわってもらわなければならず、いや、実はそのことで生き生きと活動していたと思われる。子どもたちは、実は、子ども心にいつ勉強するのだろうか？　もう勉強もしたいなあ。と思っているのだが、保護者の期待を背負う先生たちの必死さや、保護者たちの盛り上がりの表情を見ると言ってはいけないその言葉と悟り、もくもくと練習するのである。

当日はあれだけの練習なので、誰も失敗するはずもなく、淡々と役割を次から次へとこなす。昼休みには、保護者たちが作って持ってきてくれた、海苔巻きやごちそうが定番だった。

マスコミの取材

小学校五年生になった時、ある朝担任の先生から「あなたたちは来年、近くの別の小学校に通うことになります」と言われた。つまり、ついに地元の小学校は閉校することになったのだ。五年間小学生として生活した小学校。前半の二年間は木造の古い校舎。後半の三年間は鉄筋コンクリートの新校舎になったばかりであった。たった三年間で廃校である。私は幼い子どもながら、「じゃなんで、新しい校舎になんかしたのか？」と行政に対して疑問がよぎったのを覚えている。新しい三階建ての、鉄筋コンクリート建ての近代的な小学校、工事の時からワクワクして、図工の時間は大きなクレーンやショベルカーが作業する様子を、三十人ほどの全校生徒みんなで、夢中になって描いたものだった。また新しく、みんなでトレーニングウェアを揃えることになったと喜んで全校生徒が廊下に並び、採寸した思い出もあった。エンジ色のそろいの運動着は胸に小学校名がプリントされている格好いいものだった。なんだか、騙されたような残念な気持ちになった。

それから廃校の時期が迫ってくると、テレビや新聞といったマスコミの方々が学校を訪れて、取材をしていくことがよくあった。

あるテレビ局の取材では、開発・廃校に関するドキュメント番組の制作のために、私の同級生の書いた作文が取り上げられ、小学校の屋上で友人がその作文を読み上げるという企画があった。実際に屋上からは、開発のための転居に伴って、家を解体し、廃材を燃やしている煙が立ち上っているのがあちこち見られた。私も屋上から眺めてはじめて変わってしまった村の姿に愕然とした。

戦場はもちろん見たことがないけれども、戦場のような廃墟の村の様子に悲しさと、寂しさが胸に溢れてくる思いだった。あの時の鈍色の空、忘れられない。

「湯もみ」で温かい気持ちに

春休みを利用して、群馬県の草津温泉へ旅行した。三月末であったが、週末はとても寒かった。昨年度、震災の混乱の中で、大学や高校に進学し、激動の一年を過ごした子どもたちとの久しぶりの旅行である。

大宮から草津に向かう特急列車では、一年間を振り返って、それぞれの話で盛り上がり、笑いが絶えなかった。本当の久しぶりに心の底から、笑うことができ、会話を楽しめた。

そんなとき、ふと隣の座席に目を向けると、若い女性のグループがいた。彼女たちは会話もそこそこに、ボックス席で一斉にゲーム機を操作しだしたのだ。通信ゲームというものらしく、四人とも黙々とゲーム機に目を向けボタンを押している。

旅のスタイルも変化していると感じた。現代はゲーム機もコミュニケーションツールとして活用されているのだろうか。旅は道連れで会話を楽しむものかと考えていたので、かなり驚いた光景であり、そしてちょっと寂しい気がした。

さて、草津温泉といえば日本一の湯量を誇り、源泉の湯畑は五十度以上にもなる。適温にするためには「湯もみ」が必要なのだそうだ。

唄に合わせてリズミカルに湯もみをする姿を見ると、実際に湯もみ体験をしたくなる。最近は若い世代の観光客も増え、積極的に体験に参加しているそうだ。若い世代が伝統文化に触れる姿を見ることができて、少し温かい気持ちになった。

下関への旅

亡くなった父の供養のため、父が生前訪れたがっていた山口県下関市へと旅行に行った。私としては、飛行機を羽田で一度乗り継ぐだけなので、そんなに大変な旅だとは思わなかったが、旅先の仲居さんの驚きようは尋常ではなかった。「本州の北のはずれの八戸から、よくぞ本州の西のはずれの山口まで」という発想らしい。

宿は関門海峡近くの老舗旅館で、隣に平家ゆかりの赤間神宮があり、旅館の敷地内には日清講和条約の記念館があった。まさに平安時代から幕末の動乱期までずっと注目され続けてきた土地であり、明らかに我が古里とは異質の繁栄をした土地だと実感した。

特に印象に残ったのは、関門海峡の潮の流れの速さと、そこを通過する船の多さである。大型タンカーや、客船、漁船など、ひっきりなしに通過していく。旅館の仲居さんの説明によると、一日七百隻以上通るそうだ。歴史的にも注目される重要な場所だと分かる。

八百年以上前の源平の合戦が、この流れの速い壇ノ浦で繰り広げられたことを思い、まさに「天下分け目の壇ノ浦」だったのかと感慨深かった。

現在、大河ドラマ『平清盛』で、主人公をむつ市出身の俳優松山ケンイチが熱演している。同じ東北人として誇らしく思う。活動を心から応援したい。

和服がなじむ年齢

一昨年から「香道」の教室に通っている。

私は若い頃、お茶やお花を学んだことがあり、日本の伝統文化に触れることのメリットは、一つのことに夢中になって取り組むことにより集中力が高まることと、それぞれの所作の美しさを実感できることだと自分なりに解釈している。

これらの伝統文化は、大まかにいうと、主に平安時代から始まり、戦国時代を経て江戸時代頃に完成されたものであり、和装で臨むことが前提である。

先月の初稽古では、香道を習い始めて一年足らずにもかかわらず、香をたくという「お点前」をさせていただいた。その日は時間的な余裕があったので、自分で着付けをして和服で出かけた。

普段の生活の中では、和服を着ている人をなかなか見かけない。現代社会においては機能的ではないからである。しかし和服ならではの色合いや、着物と帯の組み合わせの素晴らしさがある。また、所作の美しさは洋装でのそれとは一線を画し、別格だと思う。

人生の半分くらい、五十を過ぎてから、ようやく心にも余裕が持てるようになり、和服にも袖を通してみるかという気持ちが芽生えた。若い頃のように流行に左右される洋服ではなく、着物がしっくりなじむ年齢になったと感じる。

日本人として生まれて、また着付けを習得していて本当に良かったと思う。

学び舎に咲き誇る桜

無名の人

今年はゴールデンウイーク後半になっても曇天が続いたが、八戸への桜前線の到着は例年並みで、長根スケートリンクの周りでは期待通りにピンクの桜が開花した。寒さにも負けず、ひたむきに咲くその姿は、春を待ちかねた私たちの心を癒やしてくれる。桜の花が私たち、東北人に与える季節感は、とても大きいものがある。

関東地方では、桜はまさに春の到来を告げ、卒業式や入学式に合わせて咲くものであるが、東北ではゴールデンウイークあたりに開花する。

かつて私は、二人の子どもの保護者として学校行事に参加したが、ちょうど新学期の最初の保護者参観日が、桜の開花時期にあたることが多かった。

小、中、高校とも、学校の敷地内、あるいは学校の周囲に桜の木が植えられていることが多く、時には子どもの授業参観よりも、窓の外の見事な桜の木をうっとりと眺めた記憶がある。素晴らしい環境の学び舎で学習できる子どもたちの心も、すこやかに育ってほしいと願わずにはいられない。

環境は人を育てる。この自然の風景を幾多の人々が愛で、巣立っていく。学校はそのようなところである。だから、学校には桜の木が多く植えられているのかもしれない。

ドライブをしていると、うすピンクの桜の木々に囲まれた場所を発見することがある。そこは大抵学校である。たとえ子どもが卒業してしまっても、地域の人々をも楽しませてくれる自然の力は素晴らしい。

スローライフでいい

二月、東北の寒さを一時逃れて長崎県に旅をした。暖かさを求めての旅だったのが、八戸に負けないくらいの寒さで、時折視界が雪で白くかすむほどであった。

長崎はそれこそ歴史の表舞台にも何度も登場する場所。見どころはたくさんあるが、平和公園や原爆資料館は、東日本大震災の後でもあったためか、訪れるのに少し躊躇していた。

しかし、偶然乗ったタクシーの運転手さんの勧めで訪れることになった。彼は被爆二世だったからだ。

長崎の街は、まだ原爆の歴史が続いている。あの日から考えれば、その復興の力は素晴らしく、頭の下がる思いである。

運転手さんは続けた。「青森にも原子力関係施設あるでしょ」まさにその通りである。東通原発、六ヶ所核燃料再処理工場である。

原子力発電は巨大なエネルギー源で、欠かすことのできないものだと認識してきた。しかし昨年の東日本大震災で原発事故が起こり、私たち人間はなすすべもなかった。

私たち日本人、いや世界中の人々が、さまざまなことを考えさせられた。最先端の技術を求めず、競わずとも、スローライフでいいのではないかと。

芸にも「もてなしの心」

地域の公民館や学校で、文化祭などの催し物が盛んな時季となった。劇や合奏、歌の練習する音が、秋の早い夕暮れの訪れとともにかすかに漏れ聞こえ、芸術の秋、実りの秋を感じる。

さて、演劇でも、合奏でも、人様に自分の芸を披露するには、それなりの心構えが必要であろう。それは、観客に気持ちを伝えるという心、観客を引き込むという心である。そのためには、演じる側に心の余裕がなければならない。それは、今話題の「もてなしの心」に通じるものではないであろうか。そこまで高められた芸は、自然と人々を感動させる。

三年前に亡くなった私の父も、地域の催し物で、芝居や踊りを披露していたようだ。私が幼い頃（昭和四十年代）、奥の座敷に置かれた本格的な芝居のかつらや衣装を偶然見つけた時は、かなり驚いた。当時父は、何人かの有志と共に演芸を披露していたそうだ。

娯楽の少ない田舎の村で、地域の住民に喜んでもらおうと行っていたかもしれないが、演じる父自身も、芸能に対して興味があっただろうし、観客に対して喜びを、楽しさを与えなければならないという「もてなしの心」があったと思う。人をもてなすには、人として人を思いやれる心の余裕が必要である。

この秋、どんな「もてなしの心」が感じられるのか楽しみである。

復興の力感じた神戸

無名の人

昨年の暮れ、神戸へイルミネーションを見に出かけた。「神戸ルミナリエ」、阪神・淡路大震災の慰霊のために始まったイベントである。

阪神・淡路大震災は明け方に発生した。ちょうど朝食の支度時間で火を使っていた家庭も多かったため火災も起こり、甚大な被害につながった。今でも忘れられない出来事である。

その前年の師走には、東北で三陸はるか沖地震があったので、自然災害の怖さを嫌というほど味わった。また三年前には東日本大震災を経験したばかりで、忘れられるはずもない。

神戸ルミナリエの趣旨を考えれば、なかなか足を運ぶ気にはなれなかった。しかし、阪神・淡路大震災からまもなく二十年になるということで、どれだけ神戸が復興しているのか自分の目で確かめてみたいと思ったのだ。

十二月の半ばは、神戸でも気温が氷点下四度で非常に寒かった。しかし、空気が澄んでいたので、電飾の輝きがさえて、想像以上に美しかった。イルミネーションは冬の季節に合うと実感した。

メーン会場に到着するまでに、バスガイドさんが、阪神・淡路大震災について説明してくれた。被災状況は訪れてみて初めてわかることもあったが、それと同時に、人間の復興する力の凄さ、たくましさも実感できた。人々の慰霊の心の大きさも感じた。

私たちもまだまだ頑張れる。前向きに生きていこう。

冬は思いやりの気持ちで

二月に入り、暦の上では立春も過ぎたが、八戸では本格的に雪が降り始め、まさに冬本番となった。

青森県でも八戸は積雪が少なく、生活しやすい土地だが、それでも何度か発生する大雪は悩みの種である。まず交通がマヒする。除雪がなかなかスムーズに進まない。私たち市民も、除雪作業に慣れていないのが本音である。

何とか自宅の周りの雪かきをして、玄関から道路までの除雪をした後に、公共の除雪車が除雪作業をしていき、新たな固い雪の壁を作っていく。ちょっと閉口してしまうが、これも雪という自然現象ゆえ仕方のないことなのだ。

車を運転する人はさらに大変である。冬場の運転は非常に神経をすり減らす。特に八戸の道はスケートリンクのようなアイスバーンで、運転技術を要する。

先日、買い物に行く途中の坂道で前の車がスリップして動かなくなり、それに続いて私の車も同様に動かなくなった。私の後ろの車に乗っていた二人の若い男性が、見るに見かねて前の車を押してくれた。そして、その二人は私の車も後ろから押し出してくれた。車の動きを止めてしまうとまた同じようなことが起こるのでお礼を言う暇もなかったが、本当に感謝している。

北国の冬の生活には「お互いさま」の気持ちが必要だと思う。思いやりの気持ちはとても嬉しく、寒い天気の中でも心がほっとするのだ。

情緒あふれる「お庭えんぶり」

二月の半ばの大雪は本当に大変だったが、そんな中でも、八戸の伝統芸能「八戸えんぶり」は慣例通り、十七日から二十日に開催された。

二週間続いた大雪のせいで生活、交通がマヒして、市民の疲弊もいかばかりかと心配していたが、えんぶり当日の朝に聞こえたのろし（号砲）の音で、例年通り始まったのだと嬉しく感じた。

八戸市の「更上閣」（由緒ある伝統家屋と庭）でお庭えんぶりが開催されるようになって、すでに十年以上になると思うが、毎年なかなか席がとれないと噂で聞いていて、見る機会がなかった。しかし今年は大雪のおかげなのか、席に余裕があるということで、初めて「お庭えんぶり」を鑑賞することになった。

私が見た公演は、夜の八時から。たっぷりの雪化粧の庭には、かがり火がともり、また氷の彫刻が飾られ、松明の明かりが彫刻をキラキラと輝かせて、幻想的な情緒あふれる演出がなされていた。待ち時間には郷土料理の「せんべい汁」が振る舞われ、心も体も温かくなった。公演の披露されるお庭を望むお座敷は鑑賞しやすいように階段状に設えてあり、ゆったりとした気持ちで観ることができた。県外からくる観光客のために、解説の人が丁寧にユーモアを交えながら説明してくれた。

「えんぶり」は八百年以上の歴史があるそうである。それが現在まで脈々と継承されていることは素晴らしい。素朴な中にも、厳しい寒さに耐える力と春を待つ躍動感を、体いっぱいに表現する。

「えんぶり」には雪景色がよく似合う。いいものはいい。「えんぶり」は素晴らしい。

ガッツ失わず頑張れ

三月末、ようやく春らしい陽気になったので、絵画鑑賞のため久しぶりに東京へ出かけた。真冬の寒さが厳しい三カ月余りは、とても出掛ける気にならなかったが、新幹線の恩恵で、以前にくらべ気軽に日本の中央、都心に出掛け、文化水準の高いものにふれることができるようになったと感じる。長年見たいと思っていた絵画を目の当たりにしたことは大きな感動であったが、それよりももっと感動させられることを発見できた。それは、都会で働く人々の、活気あふれる姿である。

東京には、地方出身の労働者が大勢いる。ショップの店員は洗練されていて、自分自身を最大限に良く見せる努力をし、言葉遣いにも相当の気遣いを感じる。大都会で頑張る人々の気合いが伝わってくる。その瞳の中に強い意欲を感じる。

大都会で働き、生きていくことは、本当に大変だろうと思う。地方都市に住んでいる私たちの暮らしとは、時間の感覚も、意識もかなり違うのだ。

この春も多くの若者が、社会人として都会に旅立ったことだろう。その瞳の中のガッツを失わず、頑張ってほしい。

ランドセルは個性の象徴

春らしい暖かさを感じられる早朝、通学路には色とりどりのランドセルの花が咲き乱れる。ここ数年で、パステルカラーのランドセルを背負う子どもたちが増え、本当にカラフルである。

爽やかな日差しに、小学生のランドセルの色はよく映える。おそらく自分で色を選んだのだと思うが、色を自由に選択できることは素晴らしいと思う。時代の移り変わりだろうか。

私が子育てをしていた二十年ほど前は、ランドセルの色は男子は黒、女子は赤と暗黙の了解で決まっていたように思う。そうでなければいじめの対象になるよとお店の人にも、学校の関係者にも同様のアドバイスをされたような気がする。

親としてはそんなトラブルは避けたいのが本音であり、子ども自身の選択などありえなかった。当時も、少しではあるが、黒、赤以外の色のランドセルも出始めていた。しかし子ども自身の選択よりも、親が子どもの生活の安全性を最優先で選んでいたのである。

しかし今は違う。時代は変わり、どんな物を身に着けていても、安心して学校生活を送れるようになったということなのか。そう思いたい。ランドセルの色は、子どもの個性の象徴。みんな違っていて、個性的でいい。

どうかその色のように、お互いがその違いを認め合い分かり合って、健やかに安全に、いじめのない学校生活を送ってほしいと願うばかりである。

都会の生徒とおにぎり

今年の夏はいろいろと忙しかった。ようやく九月に入って、遅めの夏休みをとり東京へ美術展の鑑賞に出掛けた。

世田谷にある美術館に行くためには、地下鉄を乗り継いで行かなければならなかった。その地下鉄で見かけた光景に少し考えさせられた。

その日は平日で、午前十一時過ぎには、中間テストを終えたような中学生の三、四人のグループがいくつか乗っていた。

しばらくすると、その子どもたちが電車の中で食事を始めた。みんな家庭から持参したおにぎりだった。混ぜご飯だったり、サケのフレークをご飯にのせて海苔で包んだものだったり。おいしそうに見えるようにラップで包んであった。やや大きめのおにぎりを中学生の男の子たちはおいしそうに頬張っていた。

都会の地下鉄の中で出くわした中学生。便利な世の中で暮らす中、コンビニエンスストアで買ったおにぎりを取り出す子もいるのかと思っていたが、みんな家庭から持参したおにぎりを食べていた。その様子に驚くとともに、微笑ましくも感じた。

もしかしたら、私たちの住む地方の子どもたちの方がコンビニのおにぎりを利用しているのではないだろうかと、ふと考えた。

世の中はいろいろと便利になり、何でもお金を出せば手に入る。コンビニのおにぎりは種類も豊富で、味も本当に良い。しかし手作りのおにぎりには家庭の味があり、家庭とのつながりがある。学生時代にはとくに家庭とのつながりが大切だ。

家庭とのつながりが問われるような悲しい事件が多かったこの夏、都会っ子もちゃんと家庭と心がつながっていた。大丈夫だと感じた。

和服姿に優しい声かけ

この春、娘が大学を卒業した。四年前、東日本大震災の年に入学したが、震災の影響で人生の節目の一つの行事、大学の入学式は取り止めとなっていた。無事に四年間の大学生活を終えて、新社会人となる卒業生に対し、学長からの激励の言葉は胸に響くものがあった。保護者としても、さらに震災を乗り越えてきた人たちにとっても感慨深いひとときであったに違いない。

ところで私は五十歳を過ぎてから、折に触れて日本の伝統衣装である和服を身に着けるようにしているが、着物とは案外、着用場所を選ぶものだ。卒業式などの儀式では、良しとされているので、娘の卒業式でも着物を着て参加した。

しかし、上京したついでに娘と一緒に足を延ばした鎌倉では、着物姿でいくつかのハプニングに見舞われた。

卒業式翌日は晴れた良い天気で、ぽかぽかと暖かかった。慣れない電車を乗り継いで齷《あく》齪《せく》していると着物姿の私は出発間際の電車の扉に挟まれてしまった。

すると、それを見ていた電車の中の女性客が「まあ、なんて無慈悲な」と声を上げた。

車内は混雑していたが、鎌倉の電車は都内の電車と違って窮屈なわけではない。車内は「和服の女性を扉で挟むなんてひどい」と駅員を非難するような雰囲気になった。私は急いで飛び乗った自分に非があると思っていたが、都会の女性たちの優しさを感じられてうれしかった。女性たちは「大丈夫ですか?」と声を掛けてくれ、「はい、大丈夫です」とお礼を述べた。少し心がほっとした。

娘と鶴岡八幡宮へ足を運び、就職先での新生活を祈願した。そこで中学生らしい修学旅行のグループに出くわした。生徒たちは楽しい班行動で気分が高揚していたのか、「着物姿おきれいですね」と私に声を掛けてくれた。娘と顔を見合わせてほほ笑んだ。今年も無事に春がやってきたと実感した。

伝統を受け継ぐこと

以前から見たいと思っていた富山県八尾の郷土芸能「おわら風の盆」を見てきた。最近の落ち着かない気象を心配して雨にならなければと願っていたが、ツアーガイドの方の話によれば、不思議と「風の盆」は雨に当たったことがないということであった。日中の不安定な雨模様の空は一転して祭りの始まった夕方七時頃には、盆踊りにぴったりの暑さは少し残っているが、時々吹く秋風が心地よい夜となった。まさに噂通りの雰囲気である。「盆踊り」鑑賞の前に、ツアーガイドからさまざまな説明があった。まず、盆踊りは流し踊りではないので、町内会ごとの踊り場という場所で行われるということ。また観光客は絶対に参加できないものであることなど細かな注意事項があり、そんなに面倒なものなのかと少々閉口した。わが郷土青森県のねぶたや三社大祭のように、飛び入りの観光客でも受け入れて楽しませるものとは全く別物である。

しかし実際にその「盆踊り」を目にして理解することができた。「風の盆」は本当に地元の方々の伝統的な祭りなのだ。他の多くの観光客に見せるために行っているわけではないものなのだ。いわば、観光客が勝手に盛り上がって、わんさか押し寄せているに過ぎない。

八尾は普段人口二万人ほどの小さな町であるが「風の盆」の三日間には二十四万人もの観光客で膨れ上がる。

八尾の街中も情緒のある美しい通りであり、その中で踊られる盆踊りのなんと趣のあることか。踊り手は、本当に真摯に踊りに集中しており、観光客に視線を合わせることは決してない。手の先やしぐさには自信とプライドが感じられるほどによく鍛錬されているので本当に美しい。にわかにまねをされても迷惑であろうし、簡単に踊れるものでもない。地元の方々が自信と誇りをもって代々と受け継いでいるものなのだ。勿論子どもたちも踊りに参加しているが、そのスピリッツも継承されている。見事なものであった。「おわら」で、また新しい伝統文化の継承のスタイルに出会い感動した。私たちはアウトサイダーとしてその文化をそっと見守りたい。

世界遺産平泉

私は、歴史が好きで平泉は何度も訪れているが、九年前に、イギリス人の友人と訪れた平泉の印象が忘れられない。

それは月見坂のもみじの紅葉が美しい秋であった。友人は、写真に興味を持つ人で、深まる秋の光景を熱心に写真に収めていた。実際、本当にうっとりするような日本の秋であった。

やがて私たちは、金色堂に到着した。金色堂を見るたび、その芸術性の高さと、高度な製作技術に感動を覚えずにはいられない。繊細な螺鈿の細工技術など息をのむほどに美しい。またそれと同時に約千三百年以上前の平安時代に、東北の一地方でこんなにも素晴らしい文化が花開いていたということに、驚きと感動をあらたにする。豊かな木々の自然に囲まれた中に、ひっそりと、しかし悠然と輝く金色堂。アブソリュート（絶対的）な存在感である。その時代、京から来た人々がみちのくの黄金文化とその存在を恐れたということにも自然と納得できる。だからこそ、その後に歴史に訪れた悲劇にも哀悼の感情を抱かずにはいられない。時を超えて、芭蕉が思った感情と同じである。まさに「夢の跡」。平成の世の私たちでも、外国人の友人でも全く共感できる。

それから、博物館にも足を運び、紺地の紙に金字や銀字で書かれた素晴らしいお経や、圧倒的な存在感のある仏像を見て回り、当時の平泉の文化の高さを再認識したと同時に、私自身も同じ東北人として、誇りを感じた。これは日本人として、大切に次の世代にも残していかなければならないものだと実感した。

帰路、秋の夕日に輝く黄金の稲穂、いにしえよりずっと変わらない日本の原風景。きっと金色堂の建立された当時も同じみちのくの実りの豊かさである。友人はまたカメラのシャッターを押し続けた。

八年後母国に戻った友人からメッセージが届いた。「平泉、世界遺産おめでとう」

那智の滝で

昨年の秋に、かねてから訪れたいと思っていた和歌山県那智の滝を見に出かけた。東京から乗り継いで、南紀白浜空港に降り立つと太平洋から吹き寄せる風が強いと感じた。同じ太平洋からの風が吹きつける八戸の風よりも強いと感じる。以前、高知県を訪れた時、桂浜でも同じ感覚だった。同じ海の太平洋で八戸は和歌山や高知とつながっている。しかし吹く風の強さは違うと感じる。個人的な感覚かもしれないがこうしたそれぞれの土地の違いを体感できるのも旅の醍醐味であろう。晩秋であったが、気温は高く、風が強い割には暖かかった。

さて目指す那智の滝に向かうには、熊野川沿いをバスで移動し、大門坂という奈良・平安時代から続くいにしえの道、熊野古道を歩いて登らなければならない。運悪く、体調がすぐれなかったのでその日はタクシーを利用した。そして、地元のタクシー運転手さんから、衝撃的な話を聞いた。

車窓からも気になっていたのは、紀州の山の斜面がところどころ崩れて木々がなぎ倒され山肌が露呈しているところがあること、そして、熊野川にも多くの流木や川底を削り取りながら流れてきたような巨大な岩がごろごろとしていたことだ。また作業用のブルドーザーやクレーン車もある。これは昨年和歌山県で発生した台風の被害のためだとすぐに理解できた。私たちも東日本大震災という大きな災害に遭遇しているので、復興には時間がかかるのだということは身にしみて分かる。

タクシーの運転手さんの話によるとその台風の水害のあった日は、その町の町長さんの娘さんの結納の前日であり、娘さんたちのいる山側に住人たちは避難しようとして、熊野川の対岸にいる人たちに懐中電灯のあかりでサインをおくっていたそうである。しかし、その時、運悪く背後の山が崩れてきて、残念ながら娘さんは亡くなったそうである。なんともせつない話である。しかし、地元の方はそういう出来事があったということを他所からきた旅人に理解してもらいたいのである。また皆が理解するべきであると思う。世の中はいいことばかりがあるはずもなく、なにか悪いことがあった時でも人々はそれを乗り越えようと前向きに努力する。その姿に、人々の逞しさに同じ人として感動する。東日本大震災の復興にもまだまだ時間がかかる。日本中の人々がその事を知って、自分がやれる努力をしなければならないと思う。

月によせて

澄んだ秋の空に高く、明るく月が輝いていた。私の父は末期癌の病床にあり、夏からN町の病院に入院していた。一カ月前の頃はまだ、話もでき、新聞にも目を通すことができていたが、その頃は一日中伏せっていることが多く、話しかけてもトロンとした目でうなずくことしかできないほどに衰弱していた。そんな父に「今日は中秋の名月。お月さまがとってもきれいだよ」と話しかける。しかし父の反応はなく、昏々と眠り続ける。父の寝顔と、月を交互に見ながら、ふと、こんなにもしみじみと月を、自然を見たことがあったのだろうかと考えた。そして、その夜の月の美しさを身にしみて感じた。それは不謹慎にも、父の病床に一晩中付き添うという状況の中で、心がふと無になったからかもしれない。

私はまだ働き盛りで日々、生活に追われ忙しく、ただただ、月を見つめるなどということもない。しかし自分も振り返ってみれば人生のピークを過ぎ、残り時間を考えなければならない。そんな気がした。時々立ち止まってみよ。自然はこんなに美しいんだぞと教えられたような気がした。

父は生前よく「我が人生に悔いなし」と話し、医者の告知を受け止めて約一カ月の闘病の後、息を引き取った。最期の日には、家族や、自分の会社を心配し続け夜中に何度もうなされ、飛び起きながら。私が一晩中付き添った朝安らかに眠りに落ちてそのまま帰らぬ人となった。父の死は「生きる」ことの意味を改めて私に考えさせた。また美しい月の季節がやってくる。

春の旅（二〇一七）

やわらかな春の陽ざしに誘われて、三月下旬、仙台港からフェリーに乗って名古屋までの船旅に行ってきた。

穏やかな春の風、陽の光の下、波の揺れも少なく、船は二十一時間かけ、ゆっくりとしたスピードで太平洋沖を進んでいく。ホテルの一部屋が丸ごと海上を移動して観光地に着くという感覚で、年度末の忙しさをしばし忘れてゆっくりと過ごせるというメリットがあった。

「いしかり」という名のその船は昨年フェリー・オブ・ザ・イヤーという賞を受賞しており、青と白を基調としたカジュアルで爽やかなつくりの快適な大型フェリーである。

造船した年が、奇しくもあの六年前の東日本大震災の起こった年で、三月十一日はまさに、新造船のお披露目会を東京で行っていた真っ最中だったそうである。震災の直後「いしかり」は直ぐに災害のための物資や避難する人々の輸送船となり大活躍したそうである。

現在は本来の役目通りの大型フェリーとしてその任を果たしている。

あれから丸六年、復興の願いをこめて、その日を偲び、穏やかに、のんびりと船旅を楽しむ。変わらぬ日常の幸せを噛みしめた旅となった。

もてなしは双方向で

一月に寒い日本を脱出して暖かなシンガポールへ旅行した。アジア屈指の観光地は今話題の中国をはじめとして世界各地からの種々雑多な民族の観光客でごった返していた。観光産業で成り立っているシンガポールではツアーガイドの語学力も素晴らしく、英語や中国語はもちろん、その他の言語を含めて五カ国以上の言語を操って仕事をする人たちがいた。

私が出会ったガイドはにこにこと笑顔を絶やさない四十代前半の男性であった。営業スマイルなのかと思い、意地悪く日本語で質問してみた。「わがままなお客もいて大変じゃないですか？」と。その方曰く、「お客さんが喜んでくれたら私もうれしいじゃないですか」と至極まともな答えが返ってきた。しかし、それが原点である。仕事をしていると、その苦労ばかりを考えてしまうが、仕事の喜びもあるのだ。そして、その喜びを感じてくれる人もいる。

かつて高度経済成長期には「お客様は神様です」と言われたが、今では「お客様も人間です」だろうか。ただもてなされるだけでなく、もてなしの心を感じ取れる良きお客でありたい。もてなしとは双方向の心を感じることであろう。

離島で貴重な体験

この春にホテルに就職した娘を訪ね、沖縄県の小浜島に向かった。沖縄本島から飛行機で一時間、やっと石垣島に着いたと思ったら、さらにフェリーで三十分も要した。日本本土よりも台湾に近い。南の島特有のエメラルドグリーンの海がまぶしく、のんびりとした離島であった。そこまで遠く出かけると、日常から解放される。東北とは全く異なる景色の中でゆったりと癒やされた。

ところが、運悪く台風が近づいており、つかの間の南国気分は一掃された。離島の人たちの台風への備えは本当にテキパキとしていた。恐らく台風が頻繁に来るためなのだろう。まだ太陽が輝き、風も強くないのに、気象台の台風情報を聞いて、どの店でも建物を守るために防護ネットを取り付け、戸外にあるものを家の中に収納していた。

地元の方が、私たちに、「食べ物はありますか?」と声を掛けてくれた。台風のために全てのお店が営業を停止するのだ。島民はみな自宅から出ない。出ると、台風で飛ばされたものが当たってけがをするのだそうだ。地元の方から良いアドバイスをもらい、「はい、これから買いに行きます」と答えた。

離島に着いて二日目。予報よりも一日早く台風が島を直撃した。想像を絶する風と雨で、停電が発生した。小浜で働く娘も、お客に非常食を配り、絶対に戸外へ出ないように伝え、従業員自らも安全のために、自室にこもるのだそうだ。そしてさらに、彼女の経験によると、停電の次は断水が起こるそうだ。

幸いにも、断水までは免れた。今年は、もうこのような台風が五、六回。東北生まれの娘は離島での激しい経験に耐えてたくましく働いていた。

私もおかげで貴重な体験をした。台風での交通の乱れで予定より、五日も多く離島で待機することになった。東日本大震災を思い出した。災害に備えることはとても大切なことだと実感した。そして、島の方々の素早い対応に感心し、優しさに触れた旅だった。

桜の香り

無名の人

四月に入り、ぶり返す寒さの日もあり、また春の日を感じさせる暖かな日もありの毎日で、桜の木々も咲き出す準備に十分な時間がとれたようだ。

我が家の近くの長根公園の桜は、固い蕾から赤い色のふくらみに変わり、ついに今日十七日から、暖かな風に誘われて一斉に咲き始めた。

咲き始めの日は、風も強かったが、暖かな陽の光のもと、気温も上昇して春らしい温度になり、一気に咲きそろい次の日には満開となった。青空の下、満開の桜に誘われて散歩に出かけた。平日のため、公園の周りには写真をとっている人が二人ほど、観光客らしいグループも見かけないので、県南の桜の名所は静かでのんびりと観賞できる。長根公園の近くに住んでいるメリットは春の桜と秋の紅葉を観賞できることであり、毎年楽しみにしている。

今年の桜は暖かな陽の光と風の中で一気に咲いたので、そのやわらかな風の運んでくれる優しい桜の香りが満ち溢れていた。こんなに素敵な香りが満ちていた年はない。

花よりだんごの譬《たと》えがあるように、桜の下の屋台のごちそうの匂いや、人々の賑わいもまだない。ただただ咲き誇り、風に揺れる長根の桜。文字通りの花見である。花を愛で、目を閉じて桜の香りを十分に感じる。今年の桜は非常に美しい。

桜は観る人の都合には合わせてくれないものなのだ。しかし願わくばこの穏やかな天気が続き、しばし散らずにいてほしい。

春の匂い・思い出の三月

春の柔らかな陽の光に残雪が解けだすと、冷たさと暖かさの入り交じった風にのって雪の香りというかやっと現れた土の香りか芽吹きだした緑の香りを感じる。それが私にとっての春の匂いである。

その匂いを感じると、それと同時に思い出される四十数年前の春の日を思い出す。とても印象に残る春の記憶だ。

今でも行われていると思うが、ピカピカの小学一年生、入学前の一日入学の日のことである。

小学校までは自宅から約二キロの通学路。当時はアスファルト舗装もされていない赤土の、でこぼこの田舎道。残雪もあり、春の陽の光に解けだした雪が、幾筋かの小川のようになり、とても足場は悪かったが、小学一年生になった嬉しさが、歩みを前へ前へと押し出す。飛び跳ねるような足取りで、同行する母よりもずっと先を進む。

春の柔らかな陽の光の中にいたるところに春の兆しを発見しては、驚きと嬉しさがあふれ出す。

無名の人

猫柳の芽の毛並みは本当にせぐくまる猫のようだとじっくり見つめ、ふきのとうのかたち、香り、立ち止まってはしばし観察する。生まれて初めて、これほど長い距離を学校に向かって歩くのである。たまらないその時の嬉しさが、あの春の匂いと共に思い出されるのである。

齢五十を過ぎた今でも春になると、春の匂いと共に思い出し、ふっと笑みが零れる。

母へ

母にはいつまでも尊敬される存在であってほしいと願うのは娘の勝手な思い込みである。今はただのわがままなお婆さんである。仕方ないのだ。それが年をとるということなのだ。いずれ私たちも年をとる。人生の中で老いるということが最大の難問なのだ。その最後の日までの生き様を見守って、残りの生き方を見届けましょう。

母は、長男の嫁として、親戚一同の面倒をよく見ていた。自分は若い頃から体が弱いと主張していたが、三人の娘たちの子、五人の孫たちの世話もよくしてくれた。料理も上手であり、掃除、洗濯、家事全般を要領よくこなす主婦の手本であった。そんな頑張り屋の母は、孫の世話が一段落した六十歳頃、父と共に海外旅行に頻繁に出かけるようになった。小さい頃から、体が弱いんだとすりこまれていた私たち娘はそのアクティブな変貌ぶりに驚かされた。世界各地で行ったことのないのはアフリカ大陸くらいで海外の旅を満喫しているようだった。私は呆れて、

「体弱いんじゃなかったの？　海外旅行で体調は大丈夫なの？」

母曰く、

「さっぱりするの。気分が」

だそうである。海外旅行も時間的にまた経済的に余裕がなければできないものである。幸い伴侶である父は自営業であり、どちらもクリアしていた人であった。仕事に追われているサラリーマン夫をもつ娘たちから見れば、羨ましい限りの夫婦であった。

そして、七十代後半で父は他界した。やはり女性の方が長く生き残る。体が弱いと主張し続けた母の方が生き残ったのである。癌であった父は惜しまれつつ亡くなった。母はしばらくは悲しみに暮れていたが、だんだんと父のいない生活にもなれてくる。体調の悪い日があっても、すぐにどうのこうのというのではない。目標もなくなって、ただ漫然と生きているだけだとぼやく。しかし生きることをなんとかしなければならないのだ。これから死ぬまでの時間をなんとか生き切らなければならない。それこそが難しいのだ。母を見ているとそのことを考えさせられる。何とか人間は死ぬまでを生きなければならない。それは現実だ。そのことを考えて生きなければならない。あまり人に迷惑をかけたくはない。愚痴もいいたくはない。

母は若い頃頑張り屋さんだった。全身で母を演じていた。でも今はただのお婆さん。そのお婆さんの話を聞いてやることしか娘にはできない。そんなわがままに本気で腹をたてても仕方ない。いずれ自分も通る道。そんな私ももう五十代。母のように後悔しないように今できることはやろうと思う。やはりいつでもあなたは娘の手本。生き方を示してくれている。私も世界一周の旅に出ますよ。この夏は。

津軽ライフ

三月末から夫の転勤に伴って県南から津軽地方に移り住むことになった。私自身は学生時代を弘前で過ごしたので、それ以来実に三十数年ぶりの津軽暮らしである。早速、新生活のために家電を購入したが、それを搬入、設置に来てくれた若い人が話す「津軽弁」が懐かしく、新鮮な響きに感動した。同じ青森県でありながら、「津軽弁」と「南部弁」では雰囲気がこんなにも違うものかと、今更ながら認識し感慨深い。

新しい住居は、まさに津軽平野のど真ん中にあり、どこまでも続く広い大地に、りんごの畑やら田んぼやらののどかな景色に囲まれている。遮るものが何もない中に、ぽっかりとまだ白い雪を頂いた「岩木山」が浮かんでいた。津軽のランドマーク的な存在のその悠然とした姿は、実に美しく、津軽の地に引っ越して生活していることを実感させる。

夕方には早速、地元っこを気取って近くのスーパーに買い物に出かけた。夕日がとても美しく辺りを包んでいた。ふと見上げるとまた赤い夕日に照らされた岩木山があった。そのシルエットもまた絶景であった。

津軽の人々は毎日朝夕、この山の景色を見て暮らしているのだ。私もこれから四季を通じて、様々に移り変わる岩木山を愛でながら暮らす日々が楽しみでならない。

『津軽』再読

この春、津軽に引っ越してきて五所川原に移住し、そこを拠点に週末を利用して、あちこちと津軽路を楽しんでいる。気楽な日帰り旅行である。そういえば当市の金木は作家太宰治の出身地であったと、小説『津軽』を四十年ぶりに再読した。

『津軽』を初めて読んだ若い頃、私は県南地域にいたので、津軽の地理、地形、地名がよく分からず、内容はあまり印象に残っていなかった。ところが津軽のど真ん中に住むようになり、太宰の作品に描かれている場所が、まるでナビゲーション映像のようによく分かり、その面白さが倍増した。年を取って、作品の内容も理解でき、こういう小説だったのかと新たな衝撃を受けた。

偶然にも、私が津軽で生活し始めたことを最初に実感させてくれた岩木山の描写が、作品の中に度々登場し、特別な印象を与えている。私も津軽をあちこち訪れてみたが、例えば蟹田や深浦などの風景や雰囲気は、太宰が作品を書いた昭和十九年頃とさほど変わっていないところが十分に残っている。変わらないというのもいいものであるとしみじみと感じ入る。

今を生きる私が一つだけ太宰に教えてあげるとしたら、『今別に新幹線の駅ができて、とてもすてきですよ』だろうか。

芦野公園の桜が満開になった日、そこに銅像も立つ太宰に敬意を表し、津軽鉄道に揺られて花見に出かけた。

山王坊日吉神社お田植え祭

まさに木々の新緑が陽に輝いて萌えるような若葉色に美しくなり、頬に感じる風も温かく、心地よくなった五月半ば、市浦村の山王坊日吉神社のお田植え祭に行ってきた。津軽在住一カ月余りを過ぎて、只今津軽を学習中である。先日は、地元の歴史小説『安東船』という本に出会い、読み終えたばかりであった。市浦、十三湊のあたりは歴史も古く、古代より繁栄していたところであった。従って、日吉神社の歴史も相当古く、深い。

国道からもよく目に付く、独特の形をした大鳥居は見る人を惹きつけないではいられない。そこから杜の奥にある神社の本殿までにはすこし山道を歩かなければならないが、歩いている間になんとも古代からの日本の原風景に引き込まれる心地すらする。

うっそうと茂る杉の木立、新たな草木の芽吹きに満たされた中にある舞台づくりの本殿もまた神秘的であり、現代まで続いている歴史の確かな存在感を感じさせる。

意外なことにお田植え祭はまだ始まって四年目だそうだが、そろいの白い着物に赤いたすきの衣装をつけた早乙女、早男の方々が神田に入り、古式ゆかしい田植え作業を披露した。

早苗の緑、そして田んぼの堰を流れる爽やかな水の音、周りの景色をつつむ木々の新緑。そして田植えを終えたばかりの神田にまだ咲き残っていた山桜の花びらがはらはらと散る様子は一幅の絵画を見ているようだった。忘れられない景色になった。

修行の旅

横浜出航

八月十三日、午後一時、日本ではお盆の入りで、一般的な主婦はお盆の支度に忙しい。できればその日の旅立ちは避けたかったというのが一般的主婦代表としての本心だが、私の選んだ世界一周のリーズナブルな価格のツアー旅立ちはその日だったので、やむを得ない。心の中はご先祖様に申し訳ない、残っている家族にも、義理の母にも誠に恐縮しながらのモヤモヤした旅立ちであった。

しかし、一般的な主婦が一人で、世界一周するなんてあんまりないチャンスとも思いなおし、気持ちを「旅を満喫するぞ」というバージョンに切り替えた。

この春に三十年間働いた仕事を早期退職して、このツアーに参加することを決意した。思えば念願の専業主婦になっても戸惑う日々ばかりが続き、これまでの人生を振り返って考えることが多かった。そして「一体、やりたいことは何だったのか」を懸命に考えてみた。出した答えは「世界を自分の目で見てくること」だった。

今まで世の中について知らないことが多すぎて、お恥ずかしい人生だった。在職中は見たこともない国のことを人前で知ったかぶって話し、子どもたちにもちゃんと伝わっているのかどうか内心ヒヤヒヤだった。（自分もよく知らないくせによく言うよ）といつも心の中で突っ込みを入れていた。昨今では忙しすぎてブラックな職場といわれるところで働き、ほんとに無知で無責任だなと自覚していたので辞めてほっとしたところも正直あった。

乗船してから、在職中に世界を見て回れていたら、もっといい仕事ができていたかもしれないなあ～という思いが何度も湧きあがったがしかし実際に、そんな時間も、お金も長期の休暇をとる勇気も無かったのである。故に今ようやく旅立ちできたのである。人生とは全く思うようにならないもので、苦笑いである。

さあいよいよ横浜大さん橋出航である。見送りもなく、たった一人の世界一周の旅の始まり。不安と、期待が入り交じる。空はよく晴れて夏らしい日差しである。出航のセレモニーがデッキで華々しく行われていた。色とりどりの紙テープが揺れ、たなびく中、船はゆっくりと岸壁を離れた。

厦門（中国）

さあ、いよいよ初めての寄港地は中国の厦門《アモイ》である。福建省の世界遺産といえば、有名な土楼がある。厦門から内陸にある観光地、福建土楼までは観光バスで片道約二時間半であるが、高速道路が整備されており、転寝《うたたね》している間にほぼ時間通り到着することができた。土楼を見学する観光客は多いらしく、急ピッチで高速道路は整備されたようだ。但し、途中のサービスエリアはまだ完成していない。つまりトイレ休憩のための施設がまだ追いついていないようである。しかし、驚くなかれ、中国ではまだ建設途中のサービスエリアのトイレだけは使用させているのである。建物はまだ竹やら、ワイヤーやらの骨組みが見えており、コンクリートの打ちっぱなしの外壁である。したがって照明も設置していない、自然光だけの薄暗い中で、和式のトイレがある。しかもところどころ床の工事が終わっていないため、地面がむき出して、泥んこ状態である。足の踏み場が難しい。そして、手洗いの水道管がまたむき出しで、まだ固定されてないため、現地ガイドさんが水道管を持ち上げて、ツアー客に使用させるというものであった。まさに工事現場そのものである。あちらこちらから重機の音や金属を打つ音やドリルの音がするところ、恐ろしく足場が悪い。

高速道路のトイレ休憩場所はそこしかないということで、往路、復路ともそのようなまさに工事現場のトイレでまったく驚いた。

まさに工事現場のトイレ使用ということで、そこで働いていた作業服の女性は観光ガイドに向かって、ずっとぶつぶつ文句を言っているようだった。でも仕方ない、トイレを使ったら手を洗わないわけにはいかないのだ。(まったく、だからまだ工事中だっつーの)ぶすっとした顔がそう言っているようだ。

(申し訳ありません)というわけで、福建土楼に着く前に物凄い印象が残った。

福建省には世界遺産の土楼群が何カ所かあるらしい。私たちのツアーが訪れた「和貴楼」も観光用に整備されていた。大体一階は土産物屋であり、二階以上が実際そこに住む人々の生活スペースになっている。なかなか居住スペースを見学させてくれる土楼も少ないようだが、最近では土楼の一部をホテルに改装して、ダブルベッドやテレビ、風呂を備えたところもあるそうである。

いずれにせよ一族郎党一つの建物の中に住むなどプライベートなどあったものではないと私個人であれば無理な生活であり、やや不思議な空間であった。

ところで土楼の前のトイレは至極新しく、トイレットペーパーも備えている素晴らしいものだった。便利がいいのでトイレの前は、観光ツアーの待ち合わせ場所にもなっている。観光客相手に、トイレの前であるにもかかわらず、現地で穫れた、赤い色のバナナや、さつまいもの蒸したものなどが売られている。素朴な味の土産物を売っている三角編み笠を被った売り子はまだ若く、休み時間には携帯をいじっている。いずこも同じ風景である。

シンガポール

シンガポールは一年前に旅行したことがある。その年は、シンガポール建国五十年の記念の年で街全体も特別に賑わっていた。しかし残念ながら、シンガポールのランドマークである「マーライオン」は清掃中で足場が組まれており、作業用ネットで覆われていたのを思い出した。今回の旅では勢いよく水を吐き出すマーライオンが見られた。

シンガポールは面積が小さな国なので、前回は四泊五日程で充分見て回れた。今回の旅ではたったの一日なので、前回シンガポールで購入してとても役にたった肩こり用の塗り薬を買うことが旅の目的になった。

午前中は、半日の市内観光に参加した。シンガポールにはたくさんの特徴的な建物があるが、主な建築材料は金属や、ガラスである。面積が小さいので木材は取れないそうで必然的にそうなるのだそうだ。

私はガーデンズ・バイ・ザ・ベイを訪れたが、金属製の巨大な木の建造物には植物が植えられており、まさにそれは、一本の大樹であった。その巨大な木はシンガポールを象徴する建造物であるといっても過言ではないだろう。自分たちの国にないものも知恵と工夫によって実現、可能にしていくこの国のパワーを感じることができる。シンガポールはそんな頑張る独立国のお手本かもしれない。

この後に、スペインのバルセロナや、スコットランドも訪れるが、それぞれ独立運動が盛んらしい。船の中でできた沖縄県からの友人も沖縄も日本から独立したいと言っていた。いろいろな考え方がある。世の中もいろいろと変化していくのも道理だ。シンガポールは頑張っている国なんだとしみじみ感じる。

ところで船のターミナルのショッピングモールも充実していた。例の塗り薬もセールで二つ手に入れることができた。驚くべきことにさらに効能がパワーアップした薬も売っていた。慌てていたので、従来品を買ってしまった。この次はパワーアップしたものを買うことにしよう。また今度の機会に。これで前半の旅の疲れ対策はばっちりである。

ヤンゴン川を遡って（ミャンマー）

朝目を覚まして、デッキに出ると船は、ヤンゴン川を遡っていた。泥色の濁った川の両側には豊かな緑の水田が果てしなく広がり、時折点在する民家のほかは建物もなにもない、アジアの水田地帯といった風景が、蒸し暑い気温の中で、延々と続いた。川の中には漁船も浮かんでいて、のんびりと釣り糸を垂れている。時折網を上げるも魚の入っている様子がないが、三角編み笠に、巻きスカート（民族衣装ロンジー）を身に着けた漁夫たちは暢気そうに漁をしている。船から乗客が手を振るとそれにも手を振って応えてくれる。ヤンゴン川を遡っていく客船には慣れた対応である。のんびりと時間がながれていくなあといった感じである。空の青と水田の緑、そして川の泥色、三色しかない世界。それはそれでとてもいい印象である。街に近づくと水田の向こうに金色の仏塔が見えてくる。三色に金色が加わった。次第に仏塔は数を増してきた。

ヤンゴン市へは船の港からバスで一時間半ほど。アスファルト舗装のないでこぼこの水たまりもところどころにある道を行く。船酔いは一度もしていないが、アップダウンのある道でバス酔いをするところだった。油断していた。思い起こすと中国厦門のハイウエーは相当快適だった。

途中の風景は、二、三十年前の日本の田舎といった感じ。熱帯の土地だから住宅はこれくらいでいいのかと思うくらいの掘っ立て小屋感。南国の植物の屋根の売店など売っているものは衛生的にどうなの？　という感じさえあった。のどかな雰囲気で良しとしよう。

このバスツアーは参加者も多く、なんとバス十七台、そして、混雑を避けるためにバイクによる警察の警護、誘導がそれぞれのバスの前後に付くという至れり尽くせりのツアーであった。それでも街に近づくと交通渋滞に巻き込まれはしたが、順調に観光地に到着した。ヤンゴン市の有名な寺院（パゴダ）巡りである。寺院の建物は大体金箔が施してあり、キンキラキンである。金を施すほどに徳が積まれるようで、まぶしいくらいに金色の世界である。

そして寺院をお詣《まい》りするためには裸足にならなければならない。私たちも靴を脱ぎ、靴下を脱ぎ、裸足になる。大理石の床も、ちょっとした土の通路も、トイレもすべて裸足なので裸足で歩き回ることに日頃慣れていない私には難儀であった。（そういえば途中で見かけた村の人も裸足だったし、子どもたちも裸足でサッカーなどしていたなあ）そしてとにかく仏像も大きくて、華やかである。日本の仏像、仏教建築とも明らかに異なり、ミャンマー特有の雰囲気がある。

そして野良犬も多いが、寺院にいる野良犬は大人しいようだ。すべてがおおらかなのか野良犬も、寺院の通路で寝そべっていたりする。野良犬の糞もそのままである。う〜ん。乗客の一人がしたり顔で「インフラの整備がまず急務だな」と言った。（まあこういうのどかなところもあってもいいかなと思う。急いで整備する必要もないかもしれないよ、と）

さて夕日を見ながら、船は港を後にする。川沿いに見えるパゴダの金色の塔が夕日に照らされて美しく輝く。オレンジ色の夕日に金色のパゴダ、緑の水田、茶色の川、オレンジ色が一色増えて絶妙の風景画である。こんな景色みたことない。ほかに何も建物がないからの景色であり、神妙な心地さえする。

ツアーは安全に無事、次の寄港地を目指しインド洋に出た。そしてしばらくしてから、船内のニュースで、ミャンマーの難民ロヒンギャの事件を知った。国の事情は、ただ一度訪れただけでは分からないものだ。ミャンマーはとても難しい事情を抱えているのだ。それにしてもあの美しい川べりの夕景は忘れられない。

交通渋滞で……

インド洋の荒れ狂う波に揺られて、スリランカのコロンボの港に着いた。さてここからスリランカの古都、スリランカの京都とも呼ばれるキャンディを目指す。片道バスで大体三時間くらい。前回のミャンマーの反省を生かし、初めから悪路を想定して、酔い止めを服用する。バスはどんどんと田舎道、ジャングル地帯に入って進む。本当に熱帯雨林特有の木々で、鬱蒼とした道を行く。時折、シーギリヤロックを思わせるような岩山があったりといかにもスリランカ的光景である。行く道は辛うじてアスファルトの舗装がされていたが、信号がないので、様々なところから合流する車や、車線の概念がないのか、好き勝手に走る車、路肩の邪魔な駐車をよけながらの走行。結局予定時間をはるかに超えた片道五時間のバス旅になった。途中のトイレ休憩もままならず、ツアー客からは不満爆発であった。また運悪く、その日は訪れた「佛歯寺」を巡礼する特別な日だったようで、地元の巡礼者の車も多かったようだ。まあ運が悪かったのだ。まあ私としては、時々、バスに揺られて居眠りしながらの心地よい旅だった。車窓から見る景色からすると、大分田舎の様子であるし、致し方なしと考えた方がよいと諦めた。

キャンディでは到着時刻に遅れたため、民族ダンスと食事が一緒になり、まあ観賞も食事もどっちつかずの状態。ダンサーの皆さんには失礼な観客だったかな。また会場のホテルのレストランは、外のテラスにもつながっているので、大きな蚊も出入り自由状態。添乗員は、「デング熱」にならないように注意してください、などという。ゼリー状の虫よけを塗るも、ちょっと日本より大きめの「蚊」が気になって、食事にも集中できない。そういえば、ミャンマーのお寺の前で日本より大分大きなゴキブリに遭遇して、非常に気持ちが萎えた。こちらの害虫は大きいのだ。

食事もそこそこにトイレに行くと、別の会場では地元の結婚披露宴が開かれていた。いわゆるレストランウェディング。ボリウッド映画を連想させる、ミラーボールがまわるキラキラの会場では着飾ったたくさんの招待客が踊っていた。やはり踊るんだあと感心した。トイレで順番を待っていると、美しい民族衣装サリーを着たご婦人が出てきた。地元でも一流といわれるホテルのトイレ。トイレットペーパーもあり、水洗の勢いも確かだ。しかし床の水浸しが凄い。ビデのシャワーも設置されている。あの女性はあの衣装でどのようにして使用したのか頭の中は疑問符だらけになった。

さて、いよいよ「佛歯寺」。やはり裸足でお詣り。だんだん裸足も慣れてきた。蓮の花を手渡され、お供えした。祭壇の上は生花だらけ。いろいろなお詣り形式があるものである。というわけで、寺院の前ではお詣りお供え用の生花がたくさん売られている。流石に暑いところ、いつでも生花はあるのだろう。

それからバスに揺られてまた五時間弱。流石に転寝にも飽きて、起きて車窓を見るも、本当に田舎道は真っ暗、漆黒である。たまにぽつーんと民家の明かりがあるがほんとに真っ暗。「こういう暮らしもあるんです」まあ、それは「それでいい」と思った。何も明るく、便利なだけがいいわけではないと自分に言い聞かせる。といいながらも、港の近くの街に近づき、船の明かりを見て「ほっ」とした。

海賊海域

船はアジアの観光を無事終えて、インド洋からアラビア海を通って、危険な中東の海域を航行する。副船長からのアナウンスで、窓側の部屋は夜間の明かりが漏れないように、絶対にカーテンを閉め切って開けるなという注意がでた。船内の照明が外に漏れないように、暗幕をスタッフが取り付けている。夜間は海賊の標的にならないように装備しているのだ。しかし日中は普段と変わらないため、海賊の出没する危険な海域だとは思われないような穏やかな海の景色が続くだけである。

丁度ミャンマーに寄港している間に、スペインのバルセロナでテロが起こり、観光客も何人か亡くなったというニュースを聞いた。有名な大聖堂サグラダファミリア辺りである。海外旅行ではそのようなテロの危険に遭遇することも有りの前提だが、これから行く予定の寄港地だと思うと不安は募る。しかしツアーはもうスタートしてしまったのだからと腹をくくり、諦める（自分で決めた旅だ。何があっても自己責任だ）。

海賊海域、日中はデッキにも上がれるので、一応海を見てみると、タンカーや貨物船は見かけるが、海賊船のようなものは見かけずほっとする。暗幕を船内に取り付けてから三日目くらいである。

エレベーターで遭遇した気さくな笑顔の素晴らしい副船長に声を掛けて聞いてみる。

「もしかして、海賊海域の航行はもう終わりですか」副船長、顔色を変え厳しい顔で、

「いやいや、まだまだこれからが本番です」(え〜そうなの)「失礼しました」

危険海域のはじめの一週間くらい、自衛防衛しながら船は航行し、もっとも危険な海域(ソマリア沖)は、アフリカの大陸のジブチにある、日本の自衛隊の基地から海上自衛隊の護衛艦が並走して守ってくれる。五日間くらい。約束の朝の六時かっきりに海上に現れ、ずっと並走して見守ってくれた。なんだか安心した。本当にご苦労様です。別れの日は私たちの船にグッと近づいて挨拶をしてくれ、船首に弧を描いてスマートに回り込み、スーッと離れていった。ということで、無事に危険海域も通過していくことができたのである。客船に乗って、スエズ運河を通りヨーロッパに向かうのでなければ出会えない出来事だった。こうして私たちの旅の安全は守られたのである。本当にありがとうございました。

スエズ運河を通過

ある朝起きて、いつものようにウォーキングのためデッキに出ると、海の向こうにうっすらと山が見えてきた。アフリカ大陸の山らしい。いよいよ船はスエズ運河を航行するのだ。そして次の日の朝早く目覚めると、運河の左側にアフリカ大陸、エジプトの豊かな街並みが見えて、木々の緑も多かったけれど、右側の方は全くの砂漠地帯、ところどころに工事の車両があるくらいだった。運河の両側でこんなにも違いがはっきりとしているなんてと驚いた。スエズ運河を通過し終えるまで、ほとんどまる一日かかるため、初めは次々に変わる景色に目を見張っていたが、そのうちに慣れてきた。運河の幅は約二百五メートルとそんなに広くない。運河のそばで労働している人たちの姿もよく見え、時折手を振る船の乗客にも手を振って応えてくれる。今回はエジプトに寄港しないが、十分にエジプトの繁栄の様子を垣間見ることができる。そして商魂たくましく、エジプトの土産物屋が私たちの船に乗り込んできて、商売を始めた。商売用の英語も、日本語も巧みで、Tシャツ、民族衣装、アクセサリー、革の工芸品、絵、ポストカード等々様々な土産物を売っていた。そして乗客もよく買っていた。商売繁盛である。

　さて私はスエズ運河航行中特別に開放された船首前方のデッキでスタッフが用意した「スエズ運河航行中」のフリップをもって記念写真を撮り、船内の窓側の共有スペースに陣取った。時間つぶしのために持参した「塗り絵」に勤しむためである。百五日という時間をなんとか有意義に過ごすために、所謂暇つぶしに持参したのであるが、やってみるとこれがはまる。予想以上に集中力が高まり、また精神的に落ち着いた心持ちになってきて、さまざまなことをゆっくりと考え、整理できるのである。思い起こしてみると、五十歳を過ぎて、ホルモンバランスの変化、所謂更年期障害で、大変だったのだ。どこかに隠れたかった。今までの生活からちょっと逃げ出して、自分のこれまでの人生を整理して考える時間が欲しかった。この船の旅は私にとっては自分を取り戻す場所だった。乗客の男性の一人が声を掛ける、

「塗り絵してんの？　旅に来てるんだあ～他にやることあるでしょ？」（新潟なまり）

「いいんです。塗り絵、集中できていいですよ」

　とはいっても、彼の表情は私の行動は理解不能といった感じだった。時間の使い方は人それぞれ、塗り絵と同時に「自分の心の中に旅をする」そんな感じだろうか。スエズの景色と塗り絵とどちらも今の自分には必要なものだったのだ。そして塗り絵はまた人生という長旅の相棒にもなった。

ぞう柄のグッズ

船旅での特有の現象なのか、乗客は寄港地で購入した、現地の民族衣装などをよく身に着ける。チャイナドレス、インドのサリー、ミャンマーのロンジー（スカート）等々。アジアでは、それらのアクセサリーやスカート、チュニック、パンツが安価な値段で手に入るため、顕著であった。船旅というちょっと非日常な空間で、旅のはじめというまだお互いをよく知らないというのをいいことに乗客も大胆な着こなしをする人も多い。とくにアジアを抜けてヨーロッパに向かっている船内ではまさに「ぞう柄」のスカーフ、チュニック、スカート、パンツ、バッグなど、老いも若きも「ぞう柄」のものを身に着けていた。もはや船内トレンドである。あまりの多さに、（あれ？　船内持ち込み荷物の中に、「ぞう柄」って指定あったっけ？）と不安になったくらいだ。

「ぞう柄」を購入する時、日本人のシニアの乗客は必ず、「ぞうさん」と必ず敬称をつけて言い買い求めるそうで、現地の売り子さんが笑って話していたのを思い出す。それくらいに「ぞう柄」を買い求める人が多いのだろう。また船内には常に千人の乗客、自分を見てくれているギャラリーもいるので、ファッションにかけている人も多い。例えば、毎日ひらひらのレースのドレスを着こなす四十代くらいの女性、いつも肩をだしたイブニングドレスのような華やかなドレスを着ているシニアの女性など、独特のポリシーで船内生活をエンジョイしている人もいる。まあ、そういったことがやりやすい特殊な環境ではある。そういうちょっと非日常な世界なのだ。

そういえば、若者は髪の毛を、赤や、青、緑、ピンクなどいろんな色に染める人が出てきて、驚いた。旅の中盤から後半は変身願望の若者が大勢いた。しかしさすがに下船が近づくと元の髪の色に直していた人もいたけれど、直さなかった人も何人かいて、船降りて、日本で大丈夫かなあと心配になったりした。

旅立ちの準備疲れで、乗船二日目にマッサージに行ったが、そこの整体師のおにいさんが言っていたことを思い出した。一通り、世間話や船の生活を話した後に、彼曰く、

「基本船に乗っている人って変わりものですよ。僕も変わってます」

自認である。(お客さん何、聞いてるんですか今更〜と至極まじめな顔つき)「百日船に乗って世界一周」をする人ってちょっと変わっているのかあ〜と改めてしみじみ思う。いや〜ちょっとまってよ、じゃそういう私も変わってるってことなのね。至って普通の人だと本人は固く信じていたけれど。人から見れば変わり者の一人。ということかという自覚も生まれた。(おにいさん、ありがとう)

ウォーキング

船での生活ではシニアの人たちがよく海の見える公共スペースの椅子に陣取り、日がな一日海を見つめている。よく飽きないなと思って観察していると、「ずっと海を見つめることに慣れている」ようだ。彼らは「何もしないこと」の達人なのだ。長い船旅では何もしないで、のんびりしたいと参加する人が多いと思われるが、この「何もしないで、のんびり」も結構難しい。私も初めは「海を眺めて、のんびり」しようと思ったが、それはすぐに飽きてしまった。そこで手っ取り早く「読書三昧」。一日に五、六時間は読書しただろうか。歴史ものが好きな私は、もう頭の中で、どれだけ、三成、信長、秀吉が出てきて、どれだけ関ヶ原で、長篠で、合戦していたか分からない。

私の乗った船の中では、乗客参加型の様々なイベントが開かれている。朝の太極拳、ラジオ体操、社交ダンスやヨガ、英会話や中国語などの語学教室、寄港地や世界遺産の学習講座、文化人を招いての講演など、乗客を飽きさせない内容になっている。初めの頃は様々な企画、講座に関心を持った乗客がわんさか来て、ぎゅうぎゅうだった。根性の無い私はあっさりと諦め、それぞれの企画、講座が落ち着くまで待つことにした。その間、時間つぶしと健康のために、デッキに上がって、船のウォーキングコースを歩くことにした。初めは時間を決めて歩き、そのあとは、歩数を決めて歩いた。一日一万歩である。

提供される日に三度の食事を普通に食べていたら、栄養過多になってしまう。何か簡単にできる運動はないかと考えて始めたのがウォーキング。これは寄港地で街や、名所を歩いて回る時も有効だった。

船のデッキを歩くときは、海を見ながら様々のことを考える時間にもなる。これまでの人生の出来事、これからの事、思い出や反省。そしてこうして世界一周の旅に出ていることに対する感謝の思い。私の敬愛する歴史上の人物、吉田松陰先生は、あの時代海外に行こうと試みて失敗された。また坂本龍馬さんは海外に行くことを心に抱いたままで暗殺されたのである。彼らのような立派な志など微塵もない、一般市民代表のような私が、よくのうのうと世界一周の旅なんて、ホントに申し訳ないです。また私のような無名の人でも、お金さえあれば気軽に、海外へ見聞の旅に出掛けられる世の中に生まれてきて良かった、ラッキーとしみじみ感謝した。毎日変わる天気、海の色、世界の様々な景色、世界地図を見るだけでは分からない実際の様子を肉眼で見て、体感できるのである。世界中で様々な事件事故は相変わらず起こっているし、テロの心配もあるけれど、今自分は船で旅をしているほんの一部かもしれないが、世界を自分の目で見ることができることを、大洋に浮かぶ小さな船の上で感じることができ、その幸せをウォーキングしながら何度噛み締めたことであろう。

ほんとこれまで頑張って働いてきた自分にご褒美です（甘いですよね）。また、こうして安全に船旅に行ける、この時代に、そして平和に感謝です。ついでにスマホの歩数計にも感謝です。

落書き多し

横浜を出港してから約一カ月、ついにヨーロッパの地中海に出た。九月、日中はまだ暑いけれど、風も乾いて爽やかに吹き、真っ青な空が気持ちいい。ヨーロッパは前に訪れたことのある国もあるので、気持ちが少し楽だった。船のデッキからでも、地中海に点在する島々が見えるので、内海感覚で大洋の荒波を見るよりほっとする。

ヨーロッパ初めの寄港地はギリシャ、クレタ文明の発祥地、クレタ島である。世界史でも勉強していたが、記憶は薄れている。実際の歴史的な観光地を訪れて、勉強しなおそうという意気込みでツアーに参加した。しかしながら、ギリシャは経済破綻を起こしている国で、失業している人も多いので、治安の悪さや、スリなどにも気をつけないとと警戒しながらの観光であった。やはり観光業で成り立っている国とは言え、街の中にはいるとシャッターを閉めている店も多い。一番気になったのは街のあちこちにみられる特徴のある文字で書かれている「落書き」である。本当に多い。歴史的な景観が台無しである。アメリカでは「落書き」も「芸術」と認められているらしいが、クレタの街には多すぎて、せっかくの景観を損ねている気がする。落書きがなかったらすっきりしてもっと美しいだろうなあ、残念だ。ヨーロッパにも、アジアにも、日本にもあの特有のデザインの文字の落書きが見られることはあるが、なんだかクレタは多かった。帰国してから、日本でも、関西の電車や山手線にもあのような文字の落書きをした事例があったが、日本ではきちんと落書きを消すという対応をしている。ちゃんと元に戻すってことは大事だと思う。おそらく初めの段階で見過ごすと、ものすごい勢いで増えて、元の状態に復元できなくなるのかな。結果、素晴らしい歴史的な街並みが、雑然とした雰囲気の場所になってしまった感がある。

ところで、クレタ遺跡のツアーには現地ガイドの通訳として、ボランティアで参加している通訳のスタッフがついている。彼らは大学を終えたばかりというような非常に若い年齢の人たちだ。初めのアジアのツアーは彼らも添乗員と観光通訳ガイドを兼務しているような仕事内容自体に慣れていない様子だったが、ヨーロッパでは仕事内容を把握して、通訳も逐次的ではなく、分かりやすいようにまとめて上手にできるようになってきた。初めのうちは彼らもただの観光客っぽかった。旅をしているうちに自分たちの役割を理解してきたのだろう。クレタの遺跡では沢山の歴史的な専門用語も出てくるが、私たちのツアーのスタッフはよく勉強しており分かりやすい説明をしてくれた。思わず、彼に、

「ガイド上手になったね〜」

と声を掛けるとほっとした表情に満面の笑みで、

「ありがとうございます！」

と嬉しそうに答えていた。その姿勢もほんとに謙虚で好青年だった。ちょっと自信もてたのなら良かったかな。

後々、彼ら若いボランティアのコミュニケーションスタッフは通訳としての才能は勿論のこと、歌や踊りなど様々なエンターテインメント分野でもマルチな才能を発揮してくれた。語学力を獲得する人は努力を厭わず人一倍頑張る能力がある。そのためそれ以外のことにもポジティブに挑戦する気持ちを併せ持っているんだなと羨ましく感じた。彼らはこれからもますます活躍することだろう。

パルテノン神殿では

ヨーロッパに入って、毎日のように寄港地ラッシュが続いた。シニアの人々も体力が必要だ。ギリシャのピレウスでは世界遺産のパルテノン神殿観光に参加した。九月の半ばで、まだまだ陽の光がまぶしく、雲一つない吸いこまれそうなくらいの真っ青な空、それに乳白色の大理石の神殿の建物群が本当によく映える。圧倒的な石の文化圏だと実感する。建物の床などいたるところに敷き詰められた大理石はとても滑りやすい。そして、大理石の階段などは段差が非常に大きくて、登るのにも注意を要する。腰の曲がった方や普段から杖を使用しているシニアの方々には本当に過酷な観光だと思う。暑い日差しの中、目指す神殿までの石段はとてつもなく長く、険しい。そして滑る。考えてみると、日本の戦国時代の山城、安土城や、竹田城も見学したことがあるが、やはり石の階段は段差もきつく、登るのに予想外に苦労した。昔の人は現代人よりも健脚なんだろうと思う。いや逆に来るものを拒む設定で建てられているのが城であろう。現代のように不特定多数の老若男女が「観光」と称して大勢でおしかけるようには造られていないものだ。

それにしてもちょっと若い私たちでも大変な観光なのに、本当にシニアの方々の頑張りはすごい。人は体力より「見たい」という感情で動いていると感じる。「気」はすごいのだ、何よりも人を動かす。まさにシニアの方々を見て、学ぶところである。

残念ながらパルテノン神殿は正面が修復工事のため作業用の足場やネットで覆われ、肝心の最も有名な美しい柱の立つ風景は見られなかった。うーん残念。また今度来る可能性もあるかなという感想である。実はこの世界一周旅、「冥途の土産的な」感覚で参加して、様々な観光地を訪れている人も多いだろう。私もその一人だったが、いや、また訪れたいと思いなおしている。次に来るときは美しいパルテノン神殿を正面から見られるかもしれないと、勝手なものである。こんなふうに思いながら人は旅を続けるんだろうなあと感じた。大事なことは自分の目で見て、肌で感じることだと思う。現代に生まれてきて、良かったと感謝した。

城塞都市コトル

アドリア海に面した国モンテネグロの、フィヨルドの地形の港コトルは、入港のシーンからとても印象的だと旅行社の説明で聞き、期待していた。

狭く入り込んだ港の入り江に迫ってくる、船の両側に見えるフィヨルドの壁、山の風景は特有であり、これまで見たことがないものだった。まさに氷河が削り取った絶景である。海の色も透明で、深いブルーである。港は意外と開発も進んでいて、賑やかであり、アドリア海や地中海の島々をむすぶフェリーのターミナルのふ頭もあちこちに見渡せる。また隣に私の船よりも大きな客船がゆったりと横付けされていた。あまりの大きさに港のターミナルビルかと思ったくらいだ。ということで、モンテネグロという、耳に聞きなれない国の小さな港町も観光で盛り上がっていた。

初めに寄港の港から少し離れたところにある城塞都市「ブドヴァ」を訪れた。旧市街はまさに高い壁に囲まれた街で、中には本当に狭い路地が続く。教会を中心にして似たような石の建物、路地が続き閉塞感が凄いと感じる。ヨーロッパの背の高い人たちには大変な低さ、狭さの天井のアーチや店の入り口など、まさに特徴的な城塞都市である。そもそも外からの敵の侵入を阻む造りなのだから仕方ない。迷路のような路地が続くので、一人で歩いていると完全に迷いそうである。しかし実際に生活している方々は慣れている様子で、何百年と続く高い壁に囲まれた迷路のような街に住まわれている。不便なことも多々ありそうだが、このような暮らしも有りだなと納得する。

さて実は船の寄港地コトル自体も城塞都市である。港から最短の歩いて五分くらいのところにある。例によって、高い壁に造られた小さめの門から街の中に入る。やはり同じような広場があり、教会があり、市場があって、そして迷路のような路地の街が続く。行く人を阻むような独特の雰囲気がある。狭い路地に入り込むと迷ってしまって出てこられなくなるのではないかという恐怖感が歩みを止めるのである。心理作戦か。夕方になるとランプに明かりが灯り、中世の街並みはとても美しいが、何となく感じる不安さがある。西洋の国の闇の怖さみたいなものである（映画の見過ぎかも）。

ということで、早めに船に戻り日本から持参した「浴衣」を着た。日本人としてのアイデンティティの確認をしたかったのかな。異国を訪れると、自分は日本人であると再確認する感情が湧きあがる。この旅では何度もあった。フィヨルドの風景に「浴衣姿」の私、どうでしょうか。いいかも（自問自答する）。

城塞都市ドブロブニク

船には様々な講演をしてくれる水先案内人と呼ばれるゲストの方も乗船している。その中の一人も絶賛して「いい」と紹介してくれた場所がクロアチアのこれまた城塞都市「ドブロブニク」である。以前からテレビの旅番組を観て、大体の様子を把握していた私にとっては予想通りの街並みであった。高い壁、赤茶色の瓦屋根、そしてアドリア海の澄み切った海の色、澄み渡る青空。先に訪れた、モンテネグロの「コトル」や「ブドヴァ」よりも規模は大きい。城塞の入り口もやや広く、閉塞感はあまり感じられない。大きな街である。「プラツァ通り」とよばれる大理石の道は何百年と使い込まれてツルツルピカピカに光り輝いている。石の道は滑ったり、やや凸凹があったりするので歩きにくいし、疲れやすい。石の文化圏ではウォーキングで疲労を感じやすい。しかしながらここではなんと城塞の壁の上を歩くという観光ツアーに参加した。というか、結果ぐるっと一周城壁を歩くことになったというべきか。その過酷さは、予想以上であった。実は大変な城壁歩きを途中でリタイアすることもできたのだが、地元ドブロブニクの現地ガイドの「城壁愛」が強すぎて、シニアも多く含まれる私たちのツアーに途中リタイアの指示出しを忘れたために、引き返すポイントがなく、そのまま全員で城壁を一周しなければならなくなったということである。それは初めは爽やかなアドリア海を吹く風を感じながら、高い城壁から最高の景色を眺めるのだったが、城壁のアップダウンも、階段もきつく、たくさんの観光客で混み合い、押し合いへし合いですれ違うのも大変な上、九月の半ばの残暑の中でだんだんと状況がかわってきた。現地ガイドの時々入る長い説明も余計に疲れを増幅させた。最後の方は黙々とだまって進むという修行のようなツアーになった。そして、

「ドブロブニクの住人は、基本毎日、自分の家の中でも普通に階段の上り下りをして暮らしているので、慣れているんですよ」

「皆さんには大変でしたね。でもよく頑張りました」（まあそうでしょうね。よく分かります）

「ドブロブニク」イコール「城壁歩き」で辛かったなあと思い出すが、地元の人の「城壁愛」をとても感じた。さすがに「城壁」の街。しかし今度は城壁の中の街もゆっくり観光したい。様々な紛争が起こって、それでも美しく復活したパワーは凄い。これからますます観光客も増えることでしょう。

ここの港を出航する時のシーンは良かった。午後の出航だったが、海から見る城塞都市「ドブロブニク」はまとまりのある白とオレンジ色のカラーが印象的で、青空と海に映え

て美しかった。街に続く海岸線も山々も美しかった。そうか、水先案内人のお勧めも、こういうシーンだったのかと納得した。

三回目のナポリ

「ナポリを見て死ね」と言われるほど風光明媚な港街「ナポリ」。一度目、二度目とも飛行機や列車のツアーで参加していたので、海から港に入る今回の旅は入港から楽しみにしていたが、午前中の入港で、夜景でもないので感動は薄かった。あれは二回目の滞在で、港を望む高台からナポリの港を見下ろしていた時の夜景が最高に美しかったことを思い出した。どんな時間帯に寄港地に入港するかによっても感動は違うものだと実感する。

ところで、若いツアー客が口々に、「ナポリってなんか田舎っぽいね、ローマに行きたかったなあ」と言っていたのを耳にした。そりゃあローマに比べたらいけない。ナポリのいいところは田舎っぽい港町だという点なのだから。残念ながら、ローマまでは一日の滞在時間では行けないだろう。若い人は時間があるのだから、またこの次の楽しみにすればいい。

さて私は旅の目標を前回のツアーで食べたアマルフィの「レモンケーキ」を食することに決めていた。滞在時間が限られているので、目標は一つに絞った方がいいのだ。五年ぐらい前の記憶であるが、アマルフィの教会のすぐ近くにそのおいしいレモンケーキの置いてあるカフェはあったはず。久しぶりに食べられると楽しみにしていた。ナポリからソレントを回り、ポジターノなどの絶壁にへばりつくように発達した独特の街並みと海岸線の景色が素晴らしかったが、前回のような感動は少なく、船での生活疲れもあって、くねくねと曲がりくねる道を進むバスの中では居眠りをしてしまい、隣のシニアの女性に、「よく寝ますね（こんなにきれいな景色も見ずに）」と呆れられた。しかし道はとても混雑しており、予想以上に時間がかかった。実はやっとの思いでアマルフィ海岸にたどり着いたが、そこでの滞在時間はたったの二十五分だったのである。つまりそれだけの時間で折返し帰らないと船のナポリ出航時間に間に合わない。往復バスで六時間以上揺られて、アマルフィにはたったの二十五分、しかもなんとかトイレをカフェかどこかで済ませて来いとの添乗員の切羽詰まった指示。一目散に例のカフェを捜したけれど、なんと記憶の店は見つからず、ようやく座れたカフェで、やっとコーヒーを注文し、トイレを見つけてしかもそこでも十分ぐらい並んで使用するという始末。所謂アマルフィ海岸タッチアンドゴーという弾丸ツアーになってしまった。（とほほ）という感じである。長い世界一周の旅、こんな時もあるさと諦めるより他にない。そして、帰りも大型バス同士がぎりぎりすれ違うという、くねくねとした、日本でいうと「いろは坂」のような道をトイレ休憩もないまま一路ひた走り、なんとか船まで戻る。私の「レモンケーキ」はまた今度ということでお預けになった。

ところで、二回目にアマルフィに行った後、日本で同じような味のケーキを鎌倉で見つけてわざわざ食べに出掛けたが、雰囲気は似ていてもやはりちょっと違ったという経験がある。やはり現地で現地の風に吹かれながら食べるのが一番いいのかもしれない。また来るしかないと思いをあらたにした。さて船に戻ると、友人がアマルフィの別のツアーに参加していて、「あー、例のレモンケーキ食後のデザートに出たよ、ホントおいしかった、あなたの言う通り」と開口一番に話していた。うーん人生ままならないものである。

あと九年で完成です

スペインのバルセロナは初めて訪れる場所であるが、先月にサグラダファミリアの辺りで爆弾テロが起こっていたので、ツアー客は当然のこと、旅行関係者も心配し、私の日本の家族からは細かなテロに関する情報がメールで送られてきていた。

しかし初めての場所というのはやはり、期待するもので、テロのことを心配し恐々としながらも市内の観光には出かけてしまう。事件からは一カ月以上経っているので、現地ガイドにここがその場所ですといわれても全くその雰囲気は感じられなかった。やはり一番の見どころは「サグラダファミリア」教会である。本当に圧倒的な存在感である。外観はテレビでも何度も見ているので、初めて感は薄いが、内部はこれでもかというくらいのデコラティブな装飾で、またステンドグラスも素晴らしく、感動せずにはいられない。思わず、声がでてしまうかもしれないが、そこは教会であり、その日もお祈りをしに来ている現地の人もありで、観光客は静かに鑑賞するところであろう。ところが、近年流行っている「インスタ映え」よろしく、若者たちは教会の中でいろんなポーズをとって写真を撮ろうとする。感動のためについつい大きな声を出す。有名な世界遺産であり、観光地でもあるが、そもそも教会であるということを忘れてしまっている。思わず、（シー）とジェスチャーで注意してしまったが、そのような幼稚な行動をする人たちが後を絶たず、残念であった。日本のお寺詣りでもそんな行為は考えられないし、やってほしくない。外国に行くと、観光している側も現地ではその国を代表しているということになり、逆に現地の人々に見られているのだということを忘れてはならない。せっかくの感動が台無しである。「サグラダファミリア」は建設技術の向上であと九年後の二〇二六年に完成だそうで、全て完成したらどのような風景になるのか本当に楽しみになった。実はこの旅は冥途の土産にと参加していたが、実際観光名所を訪れるたびにもう一度来たいと考えてしまい、どうも一回きりの旅にはなりそうもないなあと思っている。この次は夫と共に訪れられればいいと考えたりして。

さて、バルセロナには他にも「ガウディ」の「グエル公園」や「カサ・ミラ」、「ミロ」の彫刻など市内の近い範囲にたくさんの見どころがある。一日では見切れない。食事も地元のおいしいレストランに連れて行ってもらった。パエリアもクレームブリュレも本場の味だった。前回のアマルフィのような「うーん残念」感はなく満足したツアーとなった。百日も旅してたら、そりゃあ色々あるよね（納得）。

日本にも縁の深い国ポルトガル

ポルトガルは大西洋に大きく面した国で、古くから船で航海をして貿易や探検を率先して行っていた国である。日本での戦国時代には有名な「ザビエル」もキリスト教の布教のために来日しているが（彼はスペイン人）、リスボンにある有名なエンリケ航海王を先頭にした『発見のモニュメント』には彫刻となって参加している。現地ガイドの説明によると当時のポルトガルでは日本はきちんと文化、文明の整った国と認識されて紹介されていたらしく、もしも彼らが日本を未開の野蛮な国だと認識していたら、武力で侵攻して植民地にされるところだったそうだ。事実、南米の国々（インカ、ペルーなど）は未開の野蛮な人々として武力で侵略されたのだと解説していた。日本のご先祖の方々もしっかりとした社会に生活しておられての現代の私たちの生活がある。良かったあ、ほっと胸をなでおろした。

というわけで、巨大な『発見のモニュメント』は航海に関する様々な資料館でもあり、その周りの広場の床には大理石で作られた世界地図もある。そこには、何年に世界各地に到着していたか、年代まで表示されている。もちろん日本の地図もあり、一五〇〇年代の表示があった。それにしても当時のポルトガルの船舶技術、国の財力、政治力など様々なものが物凄く先進的だったのだ。でなければ、東の果ての日本に来ることはできない。というか世界中の海を航海していたのだから、当時の日本とは次元の違う考え方である。

海辺から旧市街に入って街中観光。路面電車が複雑な経路で走る中、バスで教会やら広場などを見学。どこも見慣れた石の文化である。たった半日の観光で、リスボンでの目標は名物スイーツの「パステル・デ・ナタ」を食すことであった。現地ガイドさんのお勧めの店を紹介してもらった。バルセロナに比べたらコンパクトな街で一人でも街歩きはできそうであった。今回はたっぷり四十五分くらいの自由時間があるので、さっそく広場を見渡せるカフェのテラス席に陣取り、例のスイーツをオーダーする。日本でいう「エッグタルト」といっても通じない。リスボンではあくまでも「パステル・デ・ナタ」。焼きたての風味は格別だった。よく晴れた日、古き良き歴史あふれるリスボン街の風を感じながら味わうコーヒーも最高。まさに「オブリガーダ（ありがとう）」である。

コンビニエンスな街

フランスのボルドーにはガロンヌ川を遡って行く。深夜にはもうボルドーの街に到着しており、朝早くウォーキングのためにデッキに上がると、目の前にボルドーのおしゃれな街が広がっていた。ほとんど街の中心を流れる川に着岸しているので、船から降りるとそこはすぐに公園、そして五分も歩かないところにボルドーを象徴する証券取引所のお城のような建物がある。クルーズの観光客にとってはとてもコンビニエンスな街だった。深夜に着いていたにもかかわらず、その美しい城のような大きな建物は一晩中ライトアップされ、透かし彫りのようなおしゃれな外灯にも灯りが煌々とともされていて、船から見下ろして眺めて一目で美しく印象的な街だなと気に入ってしまった。

ボルドーもたった一日だけの寄港で、私の参加したツアーは午前中に徒歩で観光地を回るというものであったが、それで十分なくらいにコンパクトにまとまっていて歩きやすかった。しかし、船出してから一カ月半以上が過ぎて、だんだんと秋らしくなり、朝晩は冷え込みが強くなった。この日も朝は外套として、ダウンを着こみ、冷えて澄んだ空気の中での街中の観光になった。一部、紅葉も始まっていて本当に美しい季節となっていた。

現地ガイドによると、ボルドーはフランスで七番目に大きな街だそうである。例のように、大きな教会を中心にこざっぱりと旧市街は整備されて美しい石畳、おしゃれな装飾の専門店が並んでいる。古い建物に新しいものがうまくフィットして、デコレーションも美しい。日本にはない感性である。ボルドーの銘菓「カヌレ」の専門店、チーズ、ハムの専門店はどこも工夫を凝らした店の装飾で、購買意欲をくすぐられる。また戸外の屋台のフルーツ屋のディスプレイなどカラフルな色に溢れていて、ほとんど芸術的だ。ザ・フランスである。そして締めにはワインの試飲がついているというお得なツアーで、赤、白のボルドーワインを頂いた。飲みすぎたなと思っても、船までは五分もかからない。全く素敵な寄港地である。午後は足を延ばして、新市街に行った。週末とあって人通りが多い。基本古い建物の景観だが、新しいお店もたくさんある。世界展開をしている衣料店やファストフード店、日本の衣料店も見つけられる。そういえば、ギリシャのピレウスの新市街でも同じような街並みだった。この後、ロンドンでも、エジンバラでも、ニューヨークでも、東京銀座と変わらない世界展開のショップを見る。そういうところは世界どこでも画一化している。そんな世の中になったのだ。世界中に共通する品物なら、買い物は日本で充分である。実感である。

そしてアメリカの有名なコーヒーショップもあり、観光客も地元の人も無料Wi-Fiに群がっている。船内のサーブのスタッフ達も自由時間、私服で大勢見かけた。どこでもスマートフォン、どこでも携帯、コンビニエンスである。世界各地どこにいても相手とつながる。距離を感じない世の中になった。古き良き街並みと片手にスマホのコンビニエンスな世界である。

ドーバーを越えて

さていよいよヨーロッパ大陸を離れて、対岸にあるグレートブリテン島を目指す。移動中は船の左右で、イギリスとフランスの陸地が確認できる。まさに船に乗っていなければその距離感は感じられないだろう。

早朝、船はイギリスの郊外、「ティルベリー」という港に着いた。ここは小さいながらも閘門《こうもん》式の運河の港で着岸にも時間を要した。が、フランスのボルドーとはうって変わって、貨物船用の華やかさのない、かなり寂しい港であった。ここから中心のロンドンまではバスで一時間ほど、運河を遡るボートでもロンドン中心地まで片道四十分くらいかかる。大分不便なところといった印象である。

イギリスには二十年来の友人がいるので、もし時間があったら、会えるかもと一カ月前に連絡してみたが、船の中ではインターネットも全くスムーズではないので、連絡がつかず諦めた。はじめからたった一日だけのロンドン寄港であり、しかも半日の観光ツアーを入れているので、友人に会うことなど不可能である。まあとりあえず、「その日、イギリスにいるよ」と知らせたかっただけである。

三十年近く前新婚旅行で、ロンドンは訪れている。その時は真冬だったが、今回も、十月一日、晩秋ですでに寒く、落ち葉が舞い散るどんよりとした雲のたれ込めるイギリスらしい天気であった。

残念ながら、「ビックベン」は改装工事中で、ピレウスのパルテノン神殿よろしく足場が組んであり、ネットで覆われていた。まあそのネットの間から、辛うじて「ビックベン」とわかる感じであった。「ウエストミンスター教会」は当時、亡くなった元ダイアナ妃の次男「ヘンリー」さんが婚約を発表したということで、また王室の教会として、「ウエストミンスター」が使われるかもというガイドさんの話であった。街の観光はそれくらいで、今回のツアーではイギリスの「ラッシュ」という、石鹸や、入浴剤、化粧品の会社を見学するという社会科見学のようなツアーに参加した。「ラッシュ」の製品は、非常にカラフルな色使いで、ユニークなデザイン、環境にも優しい、オーガニックな製品であり、会社としての経営理念も独特である。その会社に行くまでのバスの中で、一通りの説明を受けたが、すぐに理解するのは難しかった。しかしこれから先このような会社が増えてくるのだろうという気がした。

ロンドンの中心街にある「ラッシュ」では若い女性のリーダーが一生懸命に実際の製品を手にとり時々、会社の理念も入れながら説明してくれた。とにかくやる気があり、一生懸命である。若い人たちの新しい会社である。製品はやはり、その理念通り丁寧に作られている。そのため値段も高めである。女性がいきいきと働く姿に、これからの働き方も考えさせられる。購入することで社会貢献になるならとお土産にハンドクリームを買う。もうすでに日本でも見かける「ラッシュ」、あとは日本で買ってもいいであろう。

ところで通りを挟んで向かいはなんと日本のユニクロがある。少しはなれたところにH&M、エトセトラエトセトラ。ここはどこだ？　銀座か横浜か？　またしても同じような景色。いや〜ここはロンドンである。週末のためかショッピングする人たちで通りは賑わっている。

懐かしい友人を思い出した。またいつか会えるかな。そんな思いを抱きながら、ロンドンを後にした。

中文教室

中文教室、私にとっては聞きなれない言葉であったが、要するに中国語会話のカルチャー語学教室であった。講師の先生が愛くるしい顔立ちの美人さんで、講座が始まった頃は座る席もない程の大盛況ぶりであったので、興味を持ちつつも参加できず、傍観していたが、そのうちに教わる生徒の数も固定してきたので参加できた。先生の話し方はまるであのアグネス・チャンのような感じで、なんとも親近感がわいた。いつもニコニコと若々しい衣装で颯爽と現れるので、講座を受けている私たち生徒にとっては失礼ながらアイドル的な存在であり、私たちはファン的な立場で学び、講座を盛り上げていた。

乗船している客には中国や韓国、台湾、シンガポールなどアジアからの観光客も多かったし、私は以前から中国語に興味を持っていたので、とても入りやすい講師と講座に出会えてよかったと思っている。ツアーの講座らしく、買い物の仕方から、値切り方、挨拶や、観光地の中国語での表現、そして自己紹介など、すぐに役立ちそうな会話表現をたくさん紹介してくれた。講座で使用する表現は先生自らの手書きのプリントやポスターを使って授業が進められ、先生は授業準備に熱心であった。時々、「私の生徒さん」という言い方をしていて、責任感の強い、情熱的な先生だと感じた。そして、先生よりも年上のシニアの方々のするどい突っ込み、指摘にもめげず、常に謙虚で笑顔を絶やさず取り組む姿は本当に素晴らしい。私も三十年教師をしていたが、果たしてあのような熱意ある指導をしていたかなと振り返ることが何度もあり、講座を受けながら考えさせられた。何事も、教えることには熱意と十分な教材準備が欠かせない。

私の乗船している船の特有のイベントとして、航海中に学んだ各種講座、語学やダンス、楽器などの発表会がステージで行われる。中文教室の先生もノリノリで、発表会に参加して、自らの講座の成果を発表することに意欲を燃やしていた。ということで、中文語学教室では、中国語の歌の発表を行うことになった。もはや会話教室というより歌の教室である。熱心で几帳面な性格の先生は、何度も歌の指導を行い、念入りなリハーサルも行った。(え〜また)というくらいの念の入れようであったが、先生のファンである私たちは指導についていくのである。そんな発表会に向けた特訓は二度ほどあり、講座のメンバーの一体感も高まった。

この発表会という特殊なイベントに向けては何らかの講座を受けている乗客であれば、まるで学生時代に戻ったかのように、講師の指導に一生懸命についていき、発表というクライマックスで一つの達成感、充実感を味わうことができる。そんなこの船独特のワールドが展開されているのである。知らず知らずのうちにそのトリックに上手くはまって、船内生活を有意義に過ごせるようになっているというわけである。故に一人で幾つもの講座を受け、発表会では何度もステージ上に現れるというつわものの乗客もいる。

（うーん、何か違うぞ）と感じつつそのお祭り騒ぎの忙しさに自分を追い込んで、楽しんでいる感がある。ステージに上がる際は、「あ〜緊張する〜」という人もいるが、学生以来の緊張で、その緊張をまた楽しんでいるふうである。（知らない人ばっかりの前でなんで緊張するのか）ドキドキワクワクする人々の表情を見るのも面白かった。

さて中文教室の発表では、なんとサプライズで講師と生徒有志の数人で中国ダンスの発表がついていた。先生はこっそりと練習していたようだ。その情熱凄い。先生も講師であることを十分エンジョイしていたようだ。

ロンドンでお寿司

船内の講演会で、東京の老舗寿司屋の四代目が乗船し、海外での活躍ぶりなどを話してくれた。和食は世界遺産でもあり、なかでも寿司は世界中で食されている。世界に進出している寿司職人も今では大勢いるであろう。船旅も二カ月あまりが過ぎ、船内のレストランやブッフェ料理も一通り食べなれた頃でもあり、久しぶりの生魚が食べられると期待して船内レストランのコーナーに設けられた寿司屋に行ってみた。寿司ネタはロンドンの市場かどこかで仕入れた新鮮な生の魚かと思いきや、築地からの冷凍魚だった。しかし船のこの企画用に新しく素晴らしい冷凍技術の向上している冷凍庫を入れてもらったようで、職人さんは、その寿司ネタに太鼓判を押す。逆にどんなに物流が進んでいても、ロンドンで地元の寿司ネタをそろえることは困難なのだと分かった。また地元の魚はやはり日本のものとも違うし、そのネタの特性を生かした寿司を握るとなると、またそれはそれでひと手間もふた手間もかかることだろう。そんなチャレンジはしないに違いない。冷凍保存のネタでも本当に満足させる技術と会話力は素晴らしかった。様々な国での接客のエピソードや、基本的な寿司に関する知識、そして東京のお店で実際に使用している、コメ、酢、醤油などについて気さくに教えてくれた。ちなみにコメは富山県から仕入れていると聞き、私は勝手に、あの豊かな水田風景、富山湾、立山連峰の恵みを想像した。ドライブと寿司好きで一年前に寿司を食べるためだけに自分の地元の八戸から、富山県まで出かけたことを思い出したからだ。

客に寿司を握るだけでなく、食事の雰囲気まで演出し、気持ちよく会食させる会話力、人間力が磨かれているなあと思った。これから世界をも目指して仕事をしていく若い人たちには必要な力であろう。頑張る姿が伝わってくる。日本の大森海岸にあるというお店にも今度チャンスがあったら訪れてみたい。そこは船の中では味わえないこの日と違う印象に違いない。

さてその日偶然に、過日この船旅の最終説明会に来ていて一緒になったご夫婦と隣り合って同席した。私の方は全くそのことに気づいていなくて失礼してしまったが、奥さんの方が私を覚えていてくださり、声を掛けてくださった。私も高田馬場の説明会場で会話をしたことを思い出した。船内には千人以上の乗客がいるのでなかなか知り合いになることも大変だし、偶然にまた巡り会うこともまれである。しかし隣り合った偶然でまた「寿司」のことが共通の話題となり、船内で見かけると挨拶をするようになった。

「寿司」は船旅でロンドンの夜を思い出す味となった。

エジンバラ

スコットランド「エジンバラ」の港はそれほど大きくなく、落ち着きがあって鄙びた港町といった、いい雰囲気があった。天候は鈍色の空で、重たい雲の垂れこめた晩秋の英国といった感じであった。現地ガイドさんによると秋はだいたいこのようなはっきりとしない天気だそうで、地元の人の気分も鬱々とならないのかと心配になりそうな気がした。

また逆にこの船では初寄港地だそうで、それ程観光客も多くないのか、イギリスよりもスコットランドの方が自然も多く、古の建物、雰囲気がよく残っているような気がした。

こちらもたった一日の滞在であり、私は、エジンバラ郊外の大農園の邸宅を訪れるツアーに参加した。エジンバラの市内中心部からバスで一時間くらい離れた本当に自然が溢れた森の中にその邸宅はあった。邸宅というよりむしろ宮殿である。自宅前に着くまでに、予想通り、二つくらいの門を通り、広大な庭を通り、あまりにもその庭は広いので多くの羊を放し飼いしている。それもそこにしかいない特有の品種の黒い羊。豪農の規模が桁違いに違うのだ。

広い敷地の管理も大変であろう。玄関前の石の大階段が印象的なその家の前で、人のよさそうな庭師のおじさんに話しかけると、なんとつい二週間ほど前に近くにできた橋の完成式に出席するため女王陛下がヘリコプターでやって来てこの庭園に降り立ったそうである。いや、こんなに広い庭園ならヘリコプターも着陸し放題ですよね、と談笑した。また印象深いその玄関階段で写真のシャッターをお願いしたところ、ずいぶん昔、かのエリザベス女王も幼い頃この邸宅を訪れて、ちょうど階段のそこで撮った写真がありますよと話してくれた。ならば、と私もそこに座りなおして、もう一度写真を記念に撮ってもらった。何気ない会話だけれど実際のエピソードが聞けて嬉しかった。エジンバラの空気が清々しく感じられた。

スコットランド、ちょっと遠いけどもう一度ゆっくりと来られたら素敵だなと思った。街中ではないので、スリも事故も心配なく、手足を伸ばしてゆったりと散歩できる。ほんと久しぶりの感覚だった。

ところで、邸宅の内部には様々な貴重なものが溢れ、贅沢な当時の生活ぶりが窺い知れた。また子孫の方も邸宅の一部に住んでおられるそうだが、広大な土地、建物、貴重な品々の管理は大変なものだと想像する。どんな素晴らしいものでも、やはり古さというか黴臭さが漂う。維持していくのは本当に大変なのだ。それは世界共通である。

それにしても戸外の庭の秋景色は哀愁があり、肌寒いけれど澄んだ空気が最高に気持ちよく素晴らしかった。ちゃんとこの目に焼き付けておこうと思った。

オーロラ観賞

スコットランド、エジンバラからアイスランドのレイキャビクまでの移動は四日間。その四日間でオーロラを見ることができる。船はわざわざ北極に近い方に航路をとって航行してくれた。なんと船内の講演ではオーロラ観賞のエキスパートの方も乗船して、「オーロラとそれにまつわるあれこれ」をレクチャーしてくれた。実際北欧のオーロラ圏内にあるのだから、見られればとは思いながら、如何せん自然現象なので、まあはずれることもあるだろうとあまり期待せずにいた。オーロラがでたら、すぐに深夜でも放送でアナウンスしてお知らせしますということなので、すこし頑張って起きていることにした。

初日、夜の九時過ぎ頃早くもオーロラが空に現れた。緑色のあやしい光、ゆらゆらとカーテンのように揺れる様子も見て取れた。しかし十五分くらいでその天体ショーは終わった気がする。実は視力が落ちており、残念ながらはっきりと見えないのである。初回のこの時は辛うじて船にも近い距離だったので、オーロラのカーテンの揺れる感じがかすかに分かったのだが、次のオーロラは緑色の色だけで、それも数分間、あっという間に消えてしまった。

さすがに北極圏なので、身に染みる寒さであり、オーロラの出現を待ちながら、ベッドに横になり、副船長の「今、出ました」とのアナウンスにびっくりしながら飛び起きていそぎ上着を着て出るも、乗客で混雑するエレベーターを待ち、あるいはエレベーターを諦めて階段で移動するも混雑しており、オーロラの目視に間に合わなかったりと大変だった。

つまり「オーロラ騒動」よろしく、キャビンとデッキを行ったり来たり、階段駆け上がったりで異常な世界。まあ、船旅の非日常的な光景である。冷静に見ると笑える光景でもある。実は赤い色のオーロラもあり、また若い人たちにははっきりと見えても、年取ったシニアには、見えない色もあり、なかなか思うように観賞できない。まあそんなものでしょう。まあ、アイスランドに着いてから行くオーロラ観賞ツアーで体験することにしようと決めた。実は次の日は出ず、船は時化で波が荒くデッキに出られなかったり、天候が悪かったりと、結局、初日のみのオーロラ観賞になった。自然とはそのようなものである。だからまた面白くもある。

それよりも必死になってキャビン、デッキを寝ぼけ眼、髪の毛振り乱してウロウロする大勢の人々の姿が実に面白い。船旅ならではである。

巨大露天風呂

アイスランドのレイキャビクに到着した。アイスという名前で連想するほど寒くもなく雪も全くない。もちろん、まだ十月に入ったばかりである。副船長の説明ではメキシコ湾流の暖かい海流が流れてくる影響で暖かいのだそうで、街も近代的できれいで居心地のよさそうな雰囲気があった。

ずいぶん北に位置する国だから、いろいろと（物流とか）不便なのでは？　ということはこちらの思い込みで、昼食のために入ったレストランでは無料Wi-Fiの設備が素晴らしかった。食事も素晴らしいアイスランドの郷土料理だったが、それを上回るほどのWi-Fi感度のサクサク感に思わずツアー客はこれ幸いと家族に連絡しているのか、携帯を操作しまくっていた。なかなかハイテク技術は素晴らしく充実していた。

船の中での生活では、大洋の小舟に過ぎず、なかなか連絡情報がスムーズにとれない環境にある。そのため寄港地（陸地）に降り立つとしばらく連絡の取れなかった日本の家族に連絡を試みるもWi-Fiがなかったり、あっても感度が悪く時間がかかり、結局連絡できずになったりで、皆プチストレスが溜まっていたものと思われる。レストランでの食事そっちのけでスマホ使用をする客の姿はまた異様であった。レストランの従業員のアイスランドっ子も驚く光景であったろう。まあ、今は海外のどこでも見られる光景かもしれない。現代ならではである。

さて、レイキャビクの名所、巨大露天風呂「ブルーラグーン」は寄港した港から、バスで一時間くらい。途中の車窓からは火山地帯、溶岩や溶岩の溶けた大地に生えている苔(草?)、川など独特な自然の景観が続く。初めて見る光景である。

地熱発電で余ったお湯を利用して作られたという巨大温泉施設「ブルーラグーン」は新しく、快適な施設であった。まさに手首に着けるベルトでロッカーの使用や、買い物、飲食もできるスーパー銭湯のような快適さ。また余ったお湯の利用ということでも目の付け所が素晴らしい。温泉好きの日本人にはもってこいの施設である。実際私の旅行での一番楽しみにしていた施設でもある。

巨大なバスタブ、本当に久しぶりだった。外は確かに寒いけれど、温泉は本当に気持ちいい。広い温泉の中は場所によって微妙に温度が違う。私は熱いお湯が好きなので、熱い温度のところでじっくり温泉を堪能した。

ツアーの客も老いも若きも久しぶりの温泉に大はしゃぎで、美容効果のある泥を顔に塗りたくっている。私はこの後の観光もあるのでとパックは自粛としていたが、周りの雰囲気にも押されついに泥パックをしてしまった。効果はどうでもいい。化粧もとれて面白い顔になった。みなさん心から解放されて、笑顔になっていた。温泉はやはり素晴らしい。

二度目のニューヨーク

大西洋を越えて北アメリカ大陸に近づくと海が荒れた。波も激しく階段やフロアーのあちこちで船酔いをしている人を見かけた。日頃、杖をついて歩いているシニアには生活のために船内を動き回るのも大変そうである。また天候が荒れて、船が揺れるとエレベーターが止まる。そのため誰でも移動は階段使用になるため、階段のあちこちで、うずくまる人を見かけた。私は船酔いもほとんどなく、どんなに揺れていても、窓の外の「葛飾北斎」の『神奈川沖浪裏』級の波を見ながら塗り絵ができた。船旅には向いているかもと実感する。

ところでそのようなあらしも乗り越えて、アイスランドから一週間、ついにニューヨークに着いた。ニューヨークは雨で、早朝リバティー島の自由の女神の脇を通り過ぎたが、写真には自由の女神をうまく撮れなかった。つまり雨でボケ写真になった。しかし二回目であるので、まあいいかとあっさり諦める。ニューヨークの着岸港はハドソン川の川べりで、街のど真ん中、五番街まで歩いても三十分くらいのところだった。ツアーは「夜のジャズを楽しむ」というものだったので、初めて、同じ部屋のルームメイト三人で午前中は自由行動をすることにした。

ニューヨークは日本の京都のように碁盤の目状に広がっている街並みなので観光客でも歩きやすい。セントラルパークの近くの以前から行きたいと思っていた「自然史博物館」を見学することにした。まさに映画の『ナイトミュージアム』の世界である。ゆっくりと歩いて約一時間、十月の半ばだというのに半そでの人を多く見かけるほどの暖かさだった。博物館の入場料は六十歳以上のシニアは割引の制度があり、同行したお姉さま方はその恩恵に喜んでいた。年齢が上がるといいこともあるな〜と実感した。広い広いその美術館を映画の記憶を辿りながら堪能し、帰りはセントラルパークの中を散歩しながら戻る。

セントラルパークは秋の穏やかないい季節で、大勢の人で賑わっていた。ちょっとした林にも野生のリスがいて、ちょろちょろと動き回り感動した。前回に来たときは夏だったが、リスなんて見なかった気がする。速く歩きすぎていたのかもしれない。今回は二人のお姉さま方とゆっくり歩いていたのでリスの存在に気付いたのかもしれない。日本の地元に帰っても、セントラルパークほどの自然にあふれた公園はない。郊外には天然の森が豊かだが、分け入って歩き回ることもない。従って、リスをすぐ近くで見かける状況もないわけである。初めてこんなにたくさんの、人になれたリスを見た。さすがセントラルパークである。

夕方、私たちは本来とっていたツアーにでかけた。ジャズやミュージカルの観賞である。東京では入手困難で大騒ぎのミュージカルなども、ニューヨークでは生活に溶け込んでいる様子。あんまりガツガツと興奮せずに楽しんでいる。そういう文化なのだ。この日の夜は暖かかったが、滞在二日目はかなり冷え込むという天気予報でちょっと警戒しつつ一日目を終えた。

ニューヨーク二日目

この旅で仲良くなった同室のお姉さま方と一緒に「国連本部」を訪れるツアーに参加した。「国連」という場所がら、警備は厳重であり、大きなバッグは持ち込み禁止ということで、パスポートや財布などの貴重品を上着のポケットに入れて、パンパンになりながらチェックのゲートを進むと、隣で割と大きめのバッグを肩にかけた旅行者もスイスイとセキュリティを抜けているので、あれれ～という感じだった。まあ持ち込み禁止のものも多いので手ぶらの方が好ましいには違いない。

教科書やテレビでよく見たあの「国際連合」の会議室、イタリア人の職員の方に説明を受けた。国際連合というだけに様々な国出身の方が働いている。そして私たちの船には長崎で被爆された方も乗船されていて、被爆体験を次世代の世界中の人に話して伝えるという活動をされていた。いろいろな寄港地で活動されるということで、「国連」でも被爆者の証言をする活動をされたようだ。残念ながら私たちツアー客はそこに同席することはできなかった。若いツアー客はこれをいい機会にと国連の職員の方々に様々な質問をしていて素晴らしかった。その様子をきけただけでもなかなか充実した時間がもてた。

近代的なその国連本部の建物の中には国際という名の通り世界中の土産物がそろって販売されていた。世界一周しなくても、土産だけならここでそろうという便利さであった。セキュリティチェック等の煩雑さを考えれば、なかなか観光しないところかもしれないがこの船旅ならではのツアーである。

さて、午後はフリーということで、国連の近くのグランドセントラル駅の地下街で、ニューヨークで一番人気のハンバーガー店で昼食をとることにした。以前、東京の青山で行列を見かけたあの人気店。セントラル駅店では行列は無しだが、店内のスペースは混雑していて、私たちもハンバーガーセットはゲットしたものの、座席を確保できず、しばらくは立ったままの食事だった。食事の後半で、座席を見つけ、無事に座って食べることができたが、ハンバーガーはアメリカの国民食ともいうべきもので老いも若きももぐもぐとコーラに、大量のポテトと一緒に食べて楽しんでいた。東京の青山であの行列を見かけた時はうんざりしたが、たしかにニューヨークでも味はいいようだ。同行したお姉さま方も気に入ってくれた。

また同じスペースにこれまたニューヨークを舞台にした映画で有名になったカップケーキの有名店もすぐ隣にあり、さっそくデザートとして購入。噂によると物凄く甘いらしい。お姉さまの一人がその日、誕生日であり、そのケーキでお祝いをする。ちょっとしたサプライズバースデーパーティーである。まあ一緒に歩いて行動しているので、もはやサプライズでもないが、どこかにいい公園でもないかと探しながら、ニューヨークの街を散策する。港に帰りがけに、高層ビルに囲まれながらも、緑の木々に囲まれた休憩スペースを発見した。テーブルも椅子も備えており、人も少ない絶好の場所。早速ケーキを出してパーティー開始。噂通り見た目はかわいらしいパステル色のクリームがたっぷりのったケーキは激甘だった。でも秋の澄んだ空気のなかで食べるケーキはおいしかった。自由行動の解放感もあり、三人で顔を見合わせ大笑い。お姉さまは思い出にのこるニューヨークの誕生日になったでしょうか。

そして夜、港の周りも素晴らしい夜景が広がる中、ニューヨークを出航する。この旅一番の夜景かもしれない。もしかして世界一の夜景かも。言葉では言い尽くせない現代の絶景。圧倒的な建物、イルミネーション、繁栄の象徴。二日では味わいつくせないのでまた来るかもとまた思ってしまった。

予想に反して

ニューヨークの摩天楼から出航して三日、中米の国々を訪れる。まずはバハマの「ナッソー」というところに着いた。副船長の航路説明で「これから暑くなりますよ」と聞いたように南方の熱い風を感じ、太陽の陽ざしも明るく輝きだした。乗客も、ニューヨークで着込んだセーターから、半袖Tシャツ、短パン、スカート、サンダルのスタイルに早変わりである。海の色もエメラルドで、建物はパステル色の明るい街並みであり、ヤシの木のそよぐ感じがなんともトロピカルである。歓迎のスチールドラムの音が響くリズミカルな音楽の中を気の早い自由行動の乗客たちはもうすでに港近くの土産屋の通りをうろうろしている。のんびりとした雰囲気である。

中米はほとんど関心がなく、もしかしたら私のざっくりとした浅い情報で治安が悪いところなんじゃないかと心配していたが、そうでもない気がしてきた。ここで、なかなか自分では選択して旅しそうもない場所であり、世界一周に設定されている国々でもあるので積極的に見ていこうと気持ちを新たにした。

ナッソーには、一大リゾート施設「アトランティス」がある。大きなホテルをはじめ大規模な、様々の施設はナッソーのランドマーク的なものである。多くの観光客を収容し、観光資源の目玉ともいえる存在である。巨大プールやサーフィン、水族館などの複合テーマパーク的なものである。のんびりとした島国のバハマに、巨大なテーマパークは不似合いな感もあるが、この国はそこを訪れる観光客で成り立っているのだろう。港にも巨大なクルーズ船が何隻も横付けされているのだ。

そういえば、アメリカから世界一大きな客船が物凄い人数の乗客を乗せて、カリブ海の島々を巡るクルーズのテレビ番組を観たことを思い出した。近隣のアメリカをはじめ、ヨーロッパからも、バカンスなどを利用して、まったり、のんびりとビーチリゾートするところだったんだっけ（それはそれとして）。

しかし私はナッソーの歴史を学ぶショート観光を選んだ。古い砦などの残る歴史地区は、全く鄙びた感じであり、それはそれでまた良しである。コロンブスの来た辺り、十五世紀頃からあんまり変わっていないかもと思われるような古い建物、砦など、それはそれでいい。時が止まったままの感じがある。また途中で見える一般の人々の家屋を見ると、暮らしは決して豊かではなさそうである。インフラの整備具合もどうかな？　と思われるところもある。

古い石造りの砦では、兵隊の衣装を着けた地元の方々が、銃を持ち、行進や銃を撃つショーを見せてくれた。（十八、九世紀頃のままの兵隊か？）小高い丘からそのショーを眺めていたが、はるか向こうに見える、ヤシの木々がゆったりと揺れる様子、そして浜辺、青い海がなんとも素晴らしい景観を生み出している。そんなトロピカルな海辺の景観は随所にみられる。そこが素晴らしいところで、本当に癒やされる心地がする。

最後に地元のラム酒工場に立ち寄った。ラム酒独特の芳醇な甘い香りが漂っていた。工場内では、一年物の透明なラムから、二年物、三年物のアンバーラムと呼ばれる琥珀色のラムまで試飲することができた。ストレートに飲むと結構アルコール度数はきつい。しかし、間違いなく美味しかった。特にアンバーラムの素敵な琥珀色は魅力的だった。思わず一本アンバーラムを土産に購入した。風景だけでなくラム酒にも酔わされてしまった。

船上で輝く人

「マダム、コーヒーオアティー」

食事の度にサーブ（給仕）してくれる船のスタッフに繰り返し尋ねられた言葉である。船の乗客はほとんどが、現役の仕事についていない人々である。定年後のシニアの人や、主婦、無職の若者、未成年の人たちである。でなければ百日以上の長い休暇は取れないだろう。

本当であれば、六十歳まで現役で働けるはずなのに、ちょっと早く退職した私は、そんな後ろめたさがあり、ついつい現役でスマートに仕事をしているスタッフの人たちがなお更まぶしく輝いて見えたのかもしれない。制服姿がまたきりっとして恰好いい。

船でのスタッフ（クルーか？）は国籍も多様で、年齢も幅広い。特に食事の調理やサーブをするスタッフは日に三度の食事の準備、後始末の仕事で全く切れ目がなさそうに働いていた。忙しそうなのに、プロ意識は高く身だしなみはきちんとしているし、笑顔を絶やさない。ほんとは疲れているはずなのになあと感心してしまう。船の中の労働時間は結構長時間だと思われる。だから賃金はいいかもしれない。また船の中であれば寄港地でお金を使わない限り貯金も家族に送金もできるのかもしれない。外国籍のスタッフにすれば自国で労働するよりよい労働条件かもしれない。実のところは彼らに尋ねたことは無かったので分からない。あくまでも想像である。そのような無粋な質問をする暇もないくらいに彼らは忙しく、テキパキと仕事をこなしていた。また尋ねないことが乗客とスタッフの暗黙の了解とも思われる。でも正直、自分と年齢がかわらないような二十代の乗客には「働けよ」と心の中で思っていたかも（あくまでも想像）。

船にはその他にも、客室の掃除などを担当するハウスキーパーやトイレなどの公共スペースを掃除する人、船内外設備を整備する人、また医師、看護師、美容師、マッサージ師など約四百人のスタッフが乗り合わせている。たくさんのスタッフのお世話で快適な船旅が実現できた。

私の気になったサーブの若者は、朝早くから夜遅くまで、淡々と仕事をしていた。アジア系のやや褐色の肌の色で、すっきりとした顔立ち、笑顔の爽やかな二十代の青年である。朝の早い時間も会うと欠かさず挨拶をしてくれた。ある寄港地では、自由時間があったらしく、Tシャツ姿の彼はまるで普通の若者だった。仕事をしている顔とは違っていた。やはり現役って凄い。もう旅も終盤あたり、思い切って彼に出身地を訪ねてみた。彼は笑顔で、

「フロムジャカルタ」

と答えた。

ココナッツシャーベット

何しろ、中米の国々に関しては無知でちょっと観光に出掛けるのもびくびくと不安感が先に立った。キューバといえば、社会科で習った「キューバ危機」の印象がかなり強く、何か危険な国だと一方的な思い込みしかなかった。最近の情報としては、アメリカからの経済封鎖の影響で車の輸入がされていないから、年代物の車、いわゆる「クラシックカー」がいまでも現役で走っている国であるというイメージしかなかった。

旧市街は船の着岸した港からも近く、港のターミナルビルを抜けると、すぐに例のクラシックカーのタクシーが何十台も駐車して、観光客を待ち構えていた。建物は確かに古臭いが、クラシックカーはみな明るいパステルカラーのやわらかな色彩で、街並みに不思議と合っている。そしてキューバの人々の顔の表情に暗さはない。物価は安く、給料も高くないと聞くが、共産主義のせいなのかもしれない。

確かに街中の雰囲気は半世紀以上くらい前から変わっていない様子で、想像でしか分からないけれども、おそらく半世紀前の街並みにタイムスリップしたような感じは味わえる。現地ガイドさんの市内観光の説明もとても古いものだ。例えば、「カストロ」や「ゲバラ」時代、銃や武器の売買を実際にしていたショップには、今は小さな博物館的な展示スペースになっているが、たくさんの本物の銃も武器も並んでいた。街の中心部にそのような店がという驚きがあった。また医学の振興には物凄く力を入れていて、大きな産婦人科の病院の素敵な建物もこれまたその武器ショップの近くにあった。「ハバナ」の街を訪れて、キューバが今に至るまでが少しは理解できた気がする。これまで訪れた国のように、世界規模で展開しているショップは見られないところが大きな違いかもしれない。またそこがとてもいいと思う。商品開発していないのか、お土産もTシャツやバッジ、簡単なつくりの人形など、素朴なものが多い。また、ストリートの芸術家、絵をかいて売っている人も多く、盛んである。街の中にはラテン音楽の生演奏をする人たちもいる。なんだろうか、不思議な魅力が溢れているような気がする。

急速な進化や発展がなくても、心が満ち足りていれば人々は幸せに暮らせるということか。

市内の観光ツアーからは解放されて、中心広場で、ココナツシャーベットの屋台を見つけた。両替した「兌換ペソ」を使わねばならないと二兌換ペソでシャーベットを購入した。ココナツの実をくりぬいて容器にしたたっぷりのシャーベットは実に美味しかった。それをほおばりながら考えた。独自の考え方で、隣の大国アメリカの協力を得ることなしでもやってきた国キューバって凄いなあと単純に感心してしまった。

そして人々は自然と物を大切にするという意識が育っているし、また明るい表情で、なんだかゆったりと暮らしている気がする。せかせかする国代表日本から来た私は、新しい世界を、暮らし方を見た気がした。しかし、今年から経済の緩和措置になったから、いろいろと変わっていくことは避けられないだろう。この国がどんなふうに変わっていくのか、ちょっと興味がわいてきた。またいつか来られるだろうか？　このシャーベットをまた食べに来られるだろうか。

ビーチでエステ

メキシコの「コスメル」は島全体がどこも素晴らしいビーチであり、風景はどこを切り取ってもパラダイスビーチといった印象である。私の参加したツアーもプライベートビーチで半日のんびりといったものであった。

船の着岸した港からバスで一時間程走ったところにあるビーチだが、途中の景観にもいい感じのビーチがあちこちに見えるというところだった。しかしところどころに見える海の波は非常に荒そうなところもあった。風も強いかもと心配したが、着いたビーチは本当に穏やかな小さなビーチであった。

シャワーの施設もきちんとしているが、今更水着を着て、五十代の一人旅で、海でわいわいと泳ぐという心境にもなれなかったので、本を持ち込み、風そよぐ日陰に設えられたハンモックに揺られ、転寝したり、本を読んだりした。

そして、ビーチには屋外でマッサージ、エステが受けられる施設も設えてあった。私は肩こりがひどい方で、これ幸いと早速マッサージをお願いした。これまたさわやかな風の吹く中、エッセンシャルオイルの香りも気持ちよく、うっとりするような心地よさだった。

エステティシャンのぷっくりとしたおばさんの指圧加減が絶妙であった。目の前には美しいビーチの景色、波の音だけ。海に入らなくても、ビーチを満喫できた。このような場所も世界の中にはあるんだ。日本からは遥か遠いけれど、人生で一回くらいはこれくらいののんびり感もいいかもしれない。

波がもっと穏やかであれば、シュノーケリングもして、熱帯の魚を見たりできるらしいが、今回はやはり風が少し強くて、他のツアー客でそうしたアクティビティを楽しみにしていた人たちは残念がっていた。しかし私にとってはまさに「のんびり」だけがやってみたかったことだった。帰国してからも、あの時のビーチの景色とこころのゆったり感が思い出せる。それが本当にその場所を訪れて、体感した者のメリットであろう。それにしても、日本からは遠いところ、また来ることはないかもしれない。近隣のアメリカ人が、カリブ海クルーズで大勢押しかけ、ビーチでのんびりする気持ちが今「コスメル」で実体験して実によく分かる。しかしな〜日本からはやはり遠いのだった。

四十五キロのビューティー

上手な年のとり方を学ぶという目標もあって、乗船している素敵なシニアのご婦人を探すことがあった。たまたまある日レストランでご一緒した二人連れのシニアの方が興味深かった。一人の方は七十代後半くらいの年齢でスレンダーなスタイルをしている。もう一方は同じくらいの年齢でふくよかな体形の方であった。痩せた方の婦人はもう一方のダイエットのアドバイザー的な役割もされていて、食事に関して様々な指示をだしている。自らあまり食べないように日頃から気を付けているようだ。彼女曰く、

「理想体重は四十五キロがビューティーなのよ。私はそんなに食べないわよ、あなたは野菜を食べないとね。もっと体重落として」

確かに彼女は本当にスレンダーで、おしゃれで、まるで竹久夢二の描く絵のモデル的スタイルであった。ほっそりとした柳腰。そのまま年をとったという感じ。きっとこの女性は四十五キロの体重がベストで一番いい体形というポリシーのままこの年齢まで、それを貫いて生きてこられたのだと思った。この年齢になったら、誰も気にして見ないと思うが、他の人がどう思うと、思わざるとにかかわらず、本人がこうと思うことを一心に貫くこと

が生き生きと生きる力にもつながるのだと思った。体重を気にせずに思い切り好きなものを食べるという発想はきっと皆無だったに違いない。本当に素晴らしい。またその彼女のアドバイスを聞いて、膝が悪いらしいもう一人の婦人も、乗船してから食事療法のダイエットで五キロ近く痩せて努力が成果を結んでいるようだ。百日という長い期間、過分の食事提供、だらだら生活の誘惑に打ち勝ち、いろんなことに挑戦できるものである。

また、彼女たちはイケメンが好きらしく、ダイエットの厳しい表情から一転して、満面の笑みで、好きな芸能人の話で盛り上がっていた。ダイエットアドバイザーの婦人は、

「今はディーン・フジオカが一番かっこいいそうよ。あの人本当に素敵よね、私の目の前で食事してたら、私ドキドキして、食事食べられないわ〜」

「私も〜。この間、講演会の講師の先生、偶然食事のテーブル一緒になって、彼もかっこよくて、ドキドキして、ご飯食べられなかったわ〜」

満面の笑みで話す。そして彼女たちの前で食事をしている私に向かって、

「ごめんなさい、うるさくて。私たちいつもこうなの」

「いいえ、大丈夫ですよ！」また話し続ける、

「ええと、私、あの人なんて名前だっけ？　あのえ〜と大河ドラマに出て坂本龍馬やった人〜、ええと〜福沢〜なんとか〜お宅知ってる〜？」（急に私は尋ねられた）

「福山雅治です」

「あ〜素敵よね、あの人。あの人前にしたらご飯やっぱり食べられないわ〜」

(彼らを前にして食事をすること自体あり得ないことだと思うが) それでもいろいろ想像してドキドキを楽しんでいることが素晴らしいと思う。私が彼女たちの年齢になった時、果たしてこのような楽しい発想が、想像ができるであろうか? 船に乗っている方々の若々しい発想は活力の素かもしれない。いい勉強させていただきました。

ゴーストタウン

パナマの「コロン」に到着する前の船内説明会では、着岸する港の辺りが、もっとも治安が悪いので、絶対に一人で出歩かず、近くのショッピングモール以外のエリアから出ないようにとお達しがあった。しかし、バスで行く観光地は比較的安全ということで、「コロン」郊外の「ガトゥン湖」で溢れる自然や野生動物を見る遊覧ボートのツアーに参加した。

治安が悪いと聞いただけで、内心ビビるのだが、さすがに郊外は大丈夫であった。パナマ運河の一部にもなっている「ガトゥン湖」はジャングルの中の広い湖という感じで、熱帯雨林特有の木々、植物、鳥、猿などを見た。双眼鏡もなかったので、見えたかどうか自信もない。視力も低下しているので、見えたような感じなのかもしれないが、久しぶりに外の自然に囲まれてゆったりとした気分を満喫した。まあ、これを言ったらおしまいだが、動物をしっかり見ようとすれば、動物園が一番いいと思う。遊覧ボートのガイドは、木の上の猿を見つけると船を近づけてくれるが、動物はそれに気づいて、逃げるのが当たり前なので、なかなかどうもはっきりとは見えないものである。まあそのようなものである。

それからパナマ運河の見学に行った。パナマ運河は意外と狭い幅なので、船体がまっすぐ進めるように、運河の両側から、機関車が船にロープをつないで引き上げるものだった。閘門《こうもん》を開け閉めして、水位を調節しながら進むもの。スエズとはまた全く違う。社会科の学習でその仕組みは知っていたが、実際に運河の閘門で船の通過のために働いている多くの人を間近に見て納得した。これは時間と手間がかかるものである。

運河を通行する船の様子を上から見下ろすことができる公園が整備されており、大勢の外国人観光客で賑わっていた。ここには、パナマ運河に関する資料館も備えていて、施設も新しく快適だった。

帰り道は、「コロン」のリアルの紹介ということで、ガイドさんが治安の悪い方の街のそばを通ってくれた。古い建物がそのまま修理もされずに使われている。窓のない建物も多く、スラムのようだ。洗濯物か、ぼろ布かが掛けてあり、埃っぽい道が続いている。ゴミが多い、壁が黒っぽく煤けた感じ。生活が荒れている感じが漂う。人々の服装も衛生的には見えない。うーんこれまで見たこともないような街感がある。

「二階の方にスニーカーがおいてあるでしょう。またズックのひもとかも見えるでしょう。あそこはドラッグを売ってますよというしるしなんですよ」確かにある。「こわっ」

さて午前中にツアーは終わったので、とりあえず、安全だといわれる、船のターミナル近くのショッピングモールまで、勇気を出して行ってみることにした。なんと港の出口からショッピングモールの入り口まで通路百メートルくらいずっと金網と鉄条網で囲まれている。観光客はその通路を進む。それくらい治安が悪いんだと思う。なんでも中米一治安が悪いそうだ。なんでそんなふうになったのかねえ。怖すぎる。

次の日は朝から、パナマ運河の通過航行日。第一閘門から第三閘門まであり、閘門と閘門の間で水をためて、水位がゆっくりと上がり、また閘門を開いて進んで行く様子がよく分かる。太平洋に出るまではその作業を繰り返しながら、ほとんど丸一日かかる。夕方に太平洋の出口あたりのイルミネーションが見えてきて、何故かほっとした。中米側の太平洋は初めて見るけれど、聞きなれたその海の名前に久しぶりに出会えてほっとしたのだ。

ニカラグアでフェスティバル

パナマ運河を通り抜けて、ようやく太平洋に出たが、次はまた北上してニカラグアである。名前は勿論聞いたことがあるが、果たしてどういったところかというとまたしてもよく分からない。しかし、この船を運営している団体はニカラグアと支援物資やサッカーなどスポーツの交流などをしているらしく、何度か寄港しているらしい。着いた港はちょっと寂しい漁港の桟橋っぽかったが、表側には貨物倉庫のようなものもあった。そこには歓迎する街の人々があつまっていて、鼓笛隊のパレードも始まった。華やかにバトンを回す美しい女性、民族衣装をまとってダンスを披露してくれる人たち、歓迎の旗を振ってくれる人も、子どもから大人まで合わせておそらく三百人以上いた。

さびれた倉庫前が華やかな雰囲気に一変した。なんでもこの日の夜、ニカラグア政府主催の歓迎パーティー、平和と友好のフェスティバルが港から一番近い「レオン」という街で開かれることになっているそうだ。一番近い街といっても、バスで五十分くらいかかる。夜の七時くらいから始まるフェスティバルに参加するための体力が持つかどうか心配ではある。

とりあえず、午前から始まるレオン市の観光ツアーに参加した。自然は豊かであり、途中の光景はミャンマーを思いださせるような、手付かず感もあり、この旅でなければ訪れることもないのではと思い、車窓の景色に見入っていた。ゆっくりとした進度でも生活していける。日本人がどれだけ、齷齪していることかと思う。実際に見てみるといろんな暮らしがあるのだ。

「レオン」とは「ライオン」という意味で、レオンの街に近づくと巨大なライオンのオブジェがたくさん通りに設置してある。三越デパートのライオンが何百体も並んでいる感じである。街の中心街に降りて、世界遺産の教会の方まで歩く。アスファルトでも、石畳でもない、赤い土の道が路地の方に続いている。食べものの饐えたようなにおいがする。ゴミがある。建物は、他に訪れた中米の国々のものと同じようだが、手入れがいまいちされていない印象だ。

街の中にある、観光スポット、もと刑務所は今は民俗博物館になっていた。にわか作り感が否めない。建物の壁には、刑務所だった時にどのような拷問をしたのか、その拷問の様子が、ポップなイラストで描いてある。展示されている人形も極めて素朴な作りである。何となく、歴史や生活が理解できる。トイレ事情は悪く、旅行者はトイレットペーパーを持参する必要があるし、公共のトイレも十分でない、あったとしても、数が少ない。

さて、今宵フェスティバルの開かれるところは、世界遺産の教会の前である。あまり大きくない広場に、特設のステージが設えてある。フェスティバルのステージで踊る人々の群れが通り過ぎる。若い女性や子どもたちは、化粧もしているが、目鼻立ちもはっきりとした美人さんが多い。民族衣装も素敵に似合っている。表情もにこやかで嬉しい様子が見て取れる。夕方になり、薄暗くなって、ぽつぽつと明かりも灯り、食べ物、土産屋の屋台も出ている。フェスティバルの開始時間に合わせてバスで来たツアー客も押しよせて、こぢんまりとしたフェスティバル会場は熱気ムンムンである。こうなると私は人の波に酔ってくる。これ以上は体力が残念ながら持たず、帰りのバスに乗った。帰り道、郊外は明かりがあまりない。漆黒の闇が広がっているところもある。住宅の明かりが「ぽつーん」というところもある。暗がりで玄関の近くの明かりの下に座っている家族。そうか、これくらいの明かりでもやっていこうとすると暮らせるのだ。日本の家は夜も照明があっかるいよな〜、いろんな部屋に照明がついている。夜になったら、夜で暗くていいのかも。まるで昼のような明るさはどうかと思った。いろんな暮らしがあるものである。

フェスティバル気分で綿あめを買った。物価の安いニカラグアで、綿あめは日本と同じ味、そして祭り値段でやはり意外に高かった。現実は甘くない。

フラの時間

ニューヨークから、ハワイまでの移動の間に有料のフラダンスのレッスンが始まった。フラには以前から興味があったが、習うきっかけがなかった。有料で、しかも六回の限定レッスンとなると飽きっぽい私でもやりきれるかと奮起して思い切って受講した。

有名なフラの先生だそうで、なんでも弟子の若いダンサーが、昨年のフラ・ダンサー・オブ・ザ・イヤーを受賞した人らしいが、フラについて何も予備知識もないままのスタートであった。

船の中での受講は、条件として発表会で、レッスンの成果をステージで発表しなければならないという課題があった。そのため初めのうちは、講師による「フラ」とは何ぞやなどの講話も長々とあったが、そのうちに時間の制約もあり、ステージで発表するためのフラの一曲の振り付けをマスターしなければならないため、受講者も必死にレッスンについていくような状況にかわっていった。

従って受講者のなかでも、フラの経験がある人が、自主練習のリーダーとなり、昼、夜問わず、時間を見つけて自主練習も行われた。フラの講師から推薦されたそのリーダーの女性は、フラの知識も豊富で、その有名な講師のレッスンを受けることを楽しみにして乗船していたそうである。幸せオーラに溢れた、エネルギッシュで、陽気なコミュニケーション能力のすぐれた人であり、誰にでも上手に言葉がけをして気さくに何度でもくり返して教えてくれた。

「頑張ります」

私も、ついつい久しぶりに生徒に戻った気持ちになり、リーダーの彼女に向かって、無意識に繰り返し、言っていたのかもしれない。すると彼女はにっこりと微笑んで、

「頑張らなくていいのよ。楽しみましょ」

と言った。

何気ないその一言が私にとっては実に衝撃的だった。私はこれまで三十年間教師として仕事をしてきて、何事にも頑張って取り組むことを当たり前としてやってきた。またそうして生徒たちに指導してきた。がちがちに凝り固まったその考えはフラのレッスンへの取り組み方にも出ていたのであろう。笑顔はなく、真顔でまさに振り付けを覚えこむことに必死過ぎた。おそらく彼女にはそう見えていたに違いない。しかし、本来は好きなことに対しては楽しんで取り組むべきなのだ。

「頑張る」には何か、「辛さ」、「厳しさ」が付きまとう。しかし本来は、好きなこと、や

りたいことには「楽しんで」の余裕の気持ちで取り組むべきなのだ。現役で仕事していた頃にはなかった感覚、「楽しんでやる」ことを彼女は私に気づかせてくれた。

気持ちがすっと軽くなった。今頃気づいたのだが、もう私の教師としての仕事、役割は終わったのだ。「頑張らなくてもいい」。自分のやりたかったことに夢中になって、楽しんで取り組めればいい。フラのレッスンを通して、またリーダーの彼女の姿に、彼女の言葉に出会って私の考え方も変わった。これから先の生き方も変わったような気がした。彼女との出会いに感謝したい。いろんな意味でこの船に乗って一番に思い出に残る出来事になった。

ハワイ島

　ハワイ島の「ヒロ」に着いた。寄港地では初めての本格的な雨の降る中の入港。ハワイ島では雨は珍しくないそうで、よく降るそうである。観光地化が著しいマウイ島とは違って、静かな雰囲気が漂う田舎町といった印象である。中米最後の寄港地ニカラグアのコリント出発から、約一週間で太平洋上の南の島に着いたが、雨で何となく肌寒く、冬なので雨季ということだ。船で移動している間に何気なく観た映画、ハワイの最後の女王の「リリウオカラニ」の人生の話に出会って、悲しい歴史を初めて知った。芸能人をはじめ、日本人が大好きなハワイ諸島、特にマウイ島の賑やかさからは想像できない悲しい歴史を感じた。それは日本の沖縄（琉球）の歴史とも似た感じがあり、そう思って訪ねるとまたハワイ諸島の観光の見方も変わってくる。

　もともと、ショッピングやマリンスポーツには興味があまりないので、歴史やさまざまなそれ以外のところを見るという目標で、たった二日間だけれど、過ごすことにした。

　ほとんどスコールという激しい雨の中、バスでヒロの観光ツアーに参加した。リリウオカラニ王女にちなんだ日本庭園は雨に霞んでいた。広いスペースに、池や橋、東屋、灯篭などが設置してある。しかし植えられている木々はフェニックスやヤシなどの南国のもので、ブーゲンビリアなど南国の花々が咲いていた。その公園をもっと歩いて回りたいが、勢いのある王女の「涙雨」に阻まれた気がする。今度また訪れることがあるだろうかと思いながら、その場所を後にした。

そのあと、オーガニックの果物や野菜を育てている農園を訪れた。島の高台の方にあるその農園からは、遠くに自分たちの船の停泊している港を望むことができた。キラウエアなどの火山の溶岩台地だったその場所に土を運んで一から始めた農園は広大で、サトウキビや、オレンジ、バナナなど様々なものが、それこそのびのびと育てられている。しかしその手作業は大変そうであった。家族が総出でその農園経営を手伝っている。また若い二十代後半の娘さんは早くもオーガニックの食材を使ったレストランの経営者になっており、ヒロの街の静かな郊外に素敵なレストランを営んでいる。もちろん食材は両親の農園からであり、また自然素材のTシャツや小物もその店内で販売している。なかなかの実業家である。体によい無農薬の野菜や果物を使った食事の提供は多くの人々が関心を寄せていることであり、目の付け所が鋭いと感心するが、私たちが思うほどその経営は簡単なことでもないかと思った。しかし、自分たちが思うような農園、レストラン経営ができているという自信と満足度が表情を見て理解できた。

「ハワイ島で農場、農家をやる」も悪くない。(もっと若ければ) と思った。

旅の思い出にと、船の中で、前から気になっていたが、やったことがなかった「フラ」レッスンに私はついに取り組んでいた。回数が六回という言わばお試しレッスンであった。「フラ」にとってはハワイ島は聖地とも言うべき特別の島らしく、まあ、またしても事前勉強が足りないまま訪れている自分に気づく。故に火山の方には行かずにヒロの観光を終えた。

実際、帰国してから振り返って考えてみて、またさまざまなことを後から知って、今ももやもやとストレスが出てきている。そういうことも旅にはあるよね。ということで、またいつか来なければと思った。

島の裏側

神秘的だった印象のハワイ島からの移動一日で、いよいよおなじみの島オアフ島に着いた。港の周りにも大きなビルが建ち並んでいるのが見え、ショップもたくさんあり賑わっている。乗客も楽しみにしているらしく、自由行動の人たちはさっさと下船し、足取りも軽い。しかしながら、この船旅でたった一日の滞在のため、ハワイ在住の友人にも声をかけることもままならなかった。

以前に訪れた時は家族連れであり、海やショッピングなどを楽しんだに過ぎなかったが、今回は是非、ハワイの歴史に触れたいということで、「ビショップ」博物館を訪れるツアーに参加した。

「ビショップ」では日系人の婦人が、民族衣装のドレスを着て、館内の案内をしてくれた。ハワイには日系人の移住者が多いのだとあらためて認識した。時間の都合上あとは自由に見学ということで、南の島国、王国特有の文化、文物、興味をそそられるものがたくさんあった。特にリリウオカラニ王女に関するものに注目してみて回った。なんとなく、日本の少数民族アイヌや琉球の歴史と重なる感じがした。今回は時間がまたなくて、実際の王宮や歴史的な観光地も訪れることができなかったので、また次回に持ち越しだなと感じた。
がしかし、この日のツアーが終了したあとの自由行動で、ラッキーなことに、偶然乗り合わせたシャトルバスの運転手が、ご厚意で、王宮や、カメハメハ大王像前、教会などに無料で回ってくれたのである。たまたまそのシャトルバスに乗り合わせたシンガポールから参加の同じ船の乗客たちが希望したその提案に、シャトルバスの中国系のアメリカ人の運転手が応えてくれた。私たち日本人ツアー客はたまたま、偶然乗り合わせて、思わぬ観光ができたのである。これもまたなんというべきか人の縁を感じる出来事であった。シャトルバスなのに大丈夫かと心配だったがとてもありがたかった。しばしシャトルバス内は客同士で盛り上がり、楽しいひと時を共有できた。

さて、観光ツアーの後半にはワイキキなどの中心地からバスで高速道路を一時間くらい走ったところにある郊外の農園を訪れた。

そこは、ギザギザと山肌が間近にせまった自然のあふれるところ、まるで、映画『ジュラシック・パーク』や『ロード・オブ・ザ・リング』のロケ地のような風景でありまた道の反対側はハワイらしい、どこを切り取っても素敵な絵になるビーチが続いていた。中心地から離れるとこのような景色もあるんだと改めて知った。農園に着くまでの地区はどうも貧困地区のようであり、生活が豊かでないような、中米のニカラグアやアジアのミャンマーを思わせるような生活感があった。実際ハワイはアメリカで一番ホームレスが多い州であり、低所得者の貧しい人々と、高所得者の格差が広がっているらしい。私たちが訪れた場所は所謂低貧困層の人たちの多く住むところらしく、訪れた場所もそうしたところに住む子どもたちを救済するボランティアの団体施設が運営する農園だった。この事実も今のハワイ州のリアルな事実で、私も初めて知ったことだった。実際訪れてみて、結構厳しい現実だなと実感した。ただ、ハワイは常夏の気候の場所だから、住むところはそんなにしっかりしていなくても、着るものも心配いらないかといった感じである。実際訪れてみて初めて知ることも多い。世界各地いろんな暮らしがあるのである。農園はあまり広くなく素朴、そこのボランティアの人と子どもたちの手作りという雰囲気である。

ハワイ島の大きな農園とはまたその規模も趣旨も違う。農園もまさにいろいろである。また、この施設でも地元の人が伝統芸能「フラ」を教えてくれて、私たちも体験した。まさに地域に根差した、地元の素朴な「フラ」である。観光雑誌にはあまり紹介されない。しかしながら、リアルなハワイの一面を知った。まだまだ知らないところがたくさんありそうなハワイを感じ、興味深かった。

そして夕方、情緒たっぷりにハワイの雄大な景色に日は落ちて、船の周りには、様々なイルミネーションが輝きだして、船はゆっくりと最終寄港地「ホノルル」の港を出航した。

あとは日本の横浜に向けて、十日あまりの航行である。乗客たちの表情にも少し寂しさが垣間見える。九十日あまり、長かったなあ。よく歩き回った。何事にもよく頑張った。

楽器の習得

船内生活では、多くの人がいろいろな楽器を習得しようと精を出して練習している。それこそ一から始めた初心者や、大学でピアノを教えている講師の人まで、「大きな会場」が講演会の会場に変わる前の二時間くらいを使って、老いも若きも、様々な練習のグループの輪が出来上がる。

様々な講演会などを行う大きな会場にはステージがあり、そこで「発表をする」という行為は一種の達成感と高揚感をもたらし、くせになるのだと思う。一流の演奏家でもないが船内で何かの活動をしている人ならば、気軽に立てるのが、船内のこのステージである。皆様このステージでスポットライトを浴びる瞬間を楽しみに、日夜芸事の練習をしているのかもしれない。この船の乗客にとっては欠くことのできない楽しみであろう。発表者の表情は実に生き生きとしているのである。

さて、楽器の種類といえば、和太鼓、ピアノ、バイオリン、フルート、三絃、尺八、ギター、ドラム、オカリナ、ウクレレなど多くの楽器があった。いくつかの楽器の演奏者がバンドを組んで練習していたりもしていた。

初めは私もただの傍観者であったが、ひとつ興味をもった楽器があった。それは沖縄の三線だった。音の響きが独特である。三線を練習している人たちは若い四人ほどのグループであり、この旅で三線を覚えようと、わざわざ楽器を買って持参してきた人もいたそうだ。その人曰く、人数が千人もいるクルーズの旅には三線をやっている人が一人くらいはいるだろうという予想のもとに持参したそうだからまさにつわものである。実はその予想通り、三線を演奏できる人は何人かいて、彼女の年齢に近い二十代半ばの若い三線演奏家の女性が、ほとんどラッキーにも乗船しており、三線を習得したいという希望者に指導してくれるという実にラッキーな偶然が発生し、船旅の間に、彼女らはなかなかの演奏ができるようになっていた。若者たちにとっては、この百日間、有効に使おうとすれば、かなりの自分磨きになる時間を確保できる旅なのだ。シニアののんびり派の旅とはまた全くことなる。彼女たちは三線で次々と曲を覚え、習得し、グレードアップするように自身に課したミッションをクリアしていく。その表情は自信に満ちあふれて、輝いているようだ。そして三線をまさに楽しんでいる。

若いって本当に素晴らしい。時間がこれからも無限にある。どんどん様々な事柄にチャレンジできるであろう。まことに、羨ましく、まぶしく見えた。

三線のその心地よい音に憧れながら、しかしその若者の懸命な、賑やかなムードに気おくれしてしばらくはその練習の様子を傍観していたが、なんだか自分もおばさんだけれど、触れてみたい気持ちが起こってきた。しかし難しかったら、続けてやれない自分も知っているので、そのグループに声を掛けることをためらっていた。

航海もあと二週間くらいを残すところといった頃に、若い人たちが掛けてくれた言葉、

「やってみますか？」

おそらくおばさんの顔に（やってみたいな〜）という意思が出ていたと思う。その声掛けがきっかけで、三線の練習に参加させてもらうようになった。つい夢中になって、時間のない中練習している若者の三線を長時間貸してもらって、ほんとに失礼してしまったこともあったが、とても嬉しい思い出になった。彼女たちもおそらく三線を人生の友として続けていることであろう。

私も、衝撃的な三線との出会いであったけれど、旅の思い出と共に帰国した今も続けている。その節はほんとにお仲間に交ぜていただきありがとうございました。

下船準備

船は一路、日本の横浜を目指して航行中、冬の日本に向かうので、太平洋は大時化が続き荒れている。本当に葛飾北斎の浮世絵『神奈川沖浪裏』はきっと誇張ではないと思われるような黒いタールのようにうねる波に揉まれた。そんな中、下船準備で、床に置いた段ボール箱に、荷物を詰め込む。下を見て作業していたら、軽く船酔いを催した。荷造りしていると、無駄に持ってきて、私と一緒に世界一周したものも多いことに気づく。また、普段着はそんなに必要なかったが、ちょっと改まった時に、気持ちを盛り上げてくれる、着物やワンピースなどの晴れ着はもっと持参すればよかったと悔やまれた。また趣味のもの、例えば習字の墨汁や墨、半紙など日本でしか手に入らないものは持参したほうがストレスも溜まらないと学んだ。実際に百日あまり旅して、実感したことである。

船の中では旅行社主催の次のクルーズへの勧誘が盛んにおこなわれている。リピーターと呼ばれる乗客たちは割引の利く期間もあるので、もうさっそく次からの旅の予約も始めていた。実際、南半球回りのコースをとる旅も大自然や動物達に触れられる内容で、魅力的である。一応心は動かされるが、日本にいる家族のことや資金を考えるとそうそう自分勝手な事ばかりはできない。取りあえず、一回は世界一周を成し遂げたということで大満足である。

様々な講座や、ダンス、楽器習得練習で知り合いになれた方々とは連絡先を交換し合う。帰国したら、自分の生活が戻るのだけれども日本各地に少しは友人ができた。それもまた嬉しい体験である。

船旅のいいところは、荷物の移動が出航時と下船時の二回だけで、どんなに多くても直接自分が運ぶことが少ないところ、それと様々な寄港地での入国、出国手続きを旅行会社のスタッフがまとめてしてくれるというところである。ただし旅行する本人が船酔いしないことが最大の条件である。一介の主婦は健康にも気を配り、一度も船の診療室も利用することなく、無事に横浜に到着しそうである。横浜の大さん橋には、横浜に在住の娘が迎えに来てくれる予定である。横浜到着の二日前あたりにはWi-Fiも容易に使えて、連絡がスムーズになった。

横浜へは朝入港した。晩秋の冷涼な空気と晴れて爽やかな日差しの中、見慣れた横浜の光景が広がった。百日あまりが過ぎていたけれど、そのような時の流れは感じなかった。まるで夢のようだった。同じキャビンのお姉さま方と別れて、下船すると、ターミナルではさくさくと進み、あっというまに地上に着いた。あまりにも早く下船できたので、娘との待ち合わせを桜木町の駅前にした。駅の前の街路樹が見事な紅葉をしていて、葉は落ちていなかった。素晴らしい日本の秋晴れの下で旅を終えた。

その夜は出迎えの家族と共に横浜に滞在したが、娘がサプライズの帰航のケーキを用意してくれていてまた感動した。無事に戻ってこれてよかった。

船のスタッフの皆さまや、一緒になった乗客の皆さま、支えてくれた家族のお陰です。感謝の気持ちでいっぱいであった。

自宅に戻り、自分のベッドに入っても、夜ふと目を覚ますと、しばらくの間は（ここはどこの寄港地だっけ）と思うこともあった。笑い話である。

あとがき

「文子」という名が示すように、というより母が名付け理由をそう話したことが暗示になっていたかのように、年をとってから文章を書くようになった。教員として仕事をしていた頃は流石に忙しくて思うように書けなかったが、退職してから自由に文章を書くことを楽しめるようになった。

現在は夫の転勤に伴って、津軽の地、五所川原市に住み、津軽の生活をエンジョイしている。同じ青森県内でも津軽と南部では様々な点で異なることもあり新たな発見がある。また奥津軽の古い歴史にも興味がわき、勉強中である。現在は津軽についてのエッセイも書き進めている。まだまだ私は旅の途中である。

中村　文子（なかむら　ふみこ）

1963年青森県六ヶ所村弥栄平《いやさかだいら》で生まれ、12年間居住。巨大開発のプロジェクトのため転居。青森県上北郡および八戸市の中学校で教員として30年間勤務。平成29年退職。現在は主婦。

無名の人

2018年10月１日　初版第１刷発行

著　者　中村文子
発行者　中田典昭
発行所　東京図書出版
発売元　株式会社 リフレ出版
〒113-0021　東京都文京区本駒込 3-10-4
電話（03）3823-9171　FAX 0120-41-8080
印　刷　株式会社 ブレイン

ISBN978-4-86641-166-8 C0095
Printed in Japan 2018
落丁・乱丁はお取替えいたします。

ご意見、ご感想をお寄せ下さい。

［宛先］〒113-0021　東京都文京区本駒込 3-10-4
東京図書出版